KB114224

鵬붕정대연가

붕정대연가(鵬程大戀歌) 4

임영기 新무협 판타지 소설

초판 1쇄 찍은 날 § 2021년 8월 4일
초판 1쇄 펴낸 날 § 2021년 8월 11일

지은이 § 임영기
펴낸이 § 서경석

총괄팀장 § 노종아
편집책임 § 신나라
디자인 § 스튜디오 이너스

펴낸곳 § 도서출판 청어람
등록번호 § 제387-1999-000006호
등록일자 § 1999. 5. 31
어람번호 § 제2-2880호

주소 § 경기도 부천시 부일로 483번길 40 서경B/D 3F (우) 14640
전화 § 032-656-4452 팩스 § 032-656-4453
http://www.chungeoram.com
E-mail § chungeorambook@daum.net

ISBN 979-11-04-92365-4 04810
ISBN 979-11-04-92299-2 (세트)

도서출판 청어람

9

임영기 新 무협 판타지 소설
Cover illust A4´

붕정대연가

ANTASTIC ORIENTAL HEROES

鵬붕정대연가

목차

第八十八章

검황천문의 대군(大軍)

　진검룡이 다 죽어가는 청랑과 내상을 입은 부옥령을 소생
시키는 데 반시진이 걸렸다.

　부옥령은 공력이 반로환동의 경지에 이르렀기에 같은 주화
입마에 들었어도 내상이 심하지 않았다.

　진검룡과 민수림은 술상이 차려진 탁자에 나란히 앉아서
술을 마시고 있지만 둘 다 말이 없다.

　둘 다 같은 생각을 하고 있다. 두 사람은 같은 순정기를 지
니고 있는데 어째서 민수림은 치료를 하지 못하는 것인지에
대한 고심을 하는 중이다.

　두 사람은 술을 마시면서 자신의 잔과 서로의 잔에 술이 비

면 술을 부어주면서 오랫동안 그 생각에 골몰하며 침묵에 잠겨 있다.

청랑은 아직 침상에 누워 있다.

바닥에 가부좌로 앉아 있는 부옥령이 세 차례 운공조식이 끝난 후에 일어나서 두 사람에게 다가왔다.

"죄송해요."

진검룡은 부옥령을 힐끗 쳐다보았다.

"네 탓이 아니다."

진검룡이 곰곰이 생각해 보니까 임독양맥 소통을 시키는 것이나 다 죽어가는 사람을 살리는 놀라운 능력은 순정기에 있는 게 분명했다.

자세한 것은 모르겠지만 진검룡과 민수림은 임독양맥 소통시키는 것이 수월한데 부옥령은 안 되는 것을 보면 그녀가 순정기가 없기 때문이라는 생각이 든다.

아마도 진검룡과 민수림이 임독양맥 소통시키는 방법은 순정기를 지니고 있는 사람에 국한된 일인 듯하다. 그래야지만 이 일을 이해할 수가 있다.

'순정기라……'

두 개의 문제 중 하나는 풀렸는데 나머지 하나의 원인을 모르겠다.

부옥령이 임독양맥 소통을 못 하는 이유는 알 것 같은데 민수림이 치료를 못 하는 이유를 알 수가 없다.

'나는 되는데 수림은 안 된다. 그렇다면 나한테는 있는데 수림에게는 없는 것이라는 얘긴데……'

말이 안 되는 얘기다. 민수림에게는 있는데 진검룡에게 없는 것을 꼽으라면 무수히 많겠지만, 그에게는 있는데 민수림에게 없는 것이 대체 뭐라는 말인가.

그런데 지금 상황으로 봐서는 말이 안 되는 그게 해답을 여는 실마리인 것 같다.

한참이 지나서야 진검룡은 해답을 얻지 못하고 고개를 세차게 흔들었다.

'그만 생각하자. 머리 깨지겠다……!'

그때 부옥령이 이쪽으로 걸어오다가 그와 눈이 마주치자 얼굴을 붉혔다.

[죄송해요, 주인님.]

그녀는 개인적으로 진검룡에게 사과하려고 전음을 사용했다. 또한 그녀는 진검룡을 '주군'이라고 부르는 것보다는 '주인님'이라고 하는 것을 더 좋아했다.

진검룡에게서 기껏 임독양맥을 소통하는 방법까지 배워서 청랑에게 시도했는데 둘 다 주화입마에 들었으니 부옥령으로서는 얼굴을 들 수가 없다.

[몸은 괜찮으냐?]

[네, 주인님.]

부옥령은 진검룡 옆에 가만히 앉았다.

그러다가 문득 그녀는 진검룡 왼쪽에 나란히 앉아 있는 민수림을 보았다.

민수림은 손에 술잔을 쥔 채 약간 고개를 숙이고 깊은 생각에 잠겨 있다.

부옥령은 미간을 좁히며 복잡한 표정을 지었다. 자신의 본연의 임무인 천상옥녀의 기억을 되찾게 해서 천군성으로 돌아가야 하는 일이 생각난 것이다.

지금의 부옥령은 진검룡이 너무 좋아졌다. 어쩌고저쩌고할 새도 없이 어느 순간 정신을 차리고 보니까 그에게 깊이 푹 빠져 있는 자신을 발견하고 말았다.

이제껏 살아오면서 단 한 번도 느껴보거나 품어본 적 없는 이성에 대한 감정을, 그것도 주체할 수 없는 뜨거운 연정이 활화산처럼 솟구치고 있다.

천상옥녀가 어째서 진검룡을 사랑하는지 이유를 알고도 남을 것 같았다.

지금 부옥령은 감히 천상옥녀를 자신의 연적(戀敵)으로까지 조심스럽게 생각하고 있었다.

예전부터 부옥령에게 있어서 천상옥녀는 하늘이었다. 그런데 이제는 진검룡이 그보다 더 높은 하늘 위의 하늘 천상천(天上天)이 돼버렸다.

정말이지 사랑은 무서운 열병 같은 것이다. 아차! 하고 상황을 돌아볼 때는 이미 늦는 것이 사랑인데, 부옥령은 아직 자신의 상황을 돌아보지도 못하고 있다.

그녀는 남자 보기를 돌처럼 여기는 철석간담의 자신이 이런 상황에 처할 줄은 꿈에도 예상하지 못했다.

"혹시……."

그때 오랜만에 민수림이 생각에 잠긴 모습으로 조용히 말문을 열었다.

"검룡의 체내에는 순정기만 있는 것이 아닐까요?"

"무슨 뜻입니까?"

진검룡이 의아한 얼굴로 묻자 민수림이 그를 보면서 진지한 얼굴로 물었다.

"검룡은 처음에 나를 만났을 때 공력이 얼마였죠?"

"공력이라고 할 것도 없었습니다. 십오 년에서 이십 년 남짓이었는데 그것도 제 짐작일 뿐입니다."

"검룡은 그때 심법을 배운 적이 없었다고 말했었죠?"

"네."

"그렇다면 검룡이 십오 년에서 이십 년 남짓이라고 생각하는 공력은 애초부터 존재하지 않았어요."

진검룡은 쑥스러운 표정을 지었다.

"그… 런가요?"

"공력은 오로지 심법구결에 의해서 운공조식을 했을 때에만 극소량씩 차곡차곡 단전에 축적되는 거예요."

진검룡은 고개를 끄떡였다.

"수림을 만나기 전까지 저는 제대로 된 운공조식을 해본 적이 한 번도 없었습니다. 그렇다면 수림의 말이 맞겠군요."

민수림은 총명한 눈을 빛냈다.

"예전의 검룡은 심법 없이 사문의 청풍사선검만을 연마했으므로 외문무공을 연마한 것이나 다름없어요."

"그렇군요."

"그런 이유 때문에 검룡의 체내에는 여타 공력 없이 오로지 순정기와 순정기가 만들어낸 순정공력만 있는 거예요."

'순정공력'이라는 말이 처음 나왔다. 민수림의 무한한 지식창고에서 꺼낸 말이다.

영리한 부옥령이지만 지금 두 사람이 무슨 대화를 나누고 있는지 전혀 알아듣지 못했다.

순정기라는 것에 대한 내용인 것 같은데, 강호경험이 풍부하고 박식한 부옥령으로서도 그게 무엇인지 도저히 추측조차 할 수가 없다.

그러나 부옥령의 지식수준이 민수림 정도라면 '순정기'를 듣고 어느 정도까지는 유추할 수 있을 터이다.

민수림이 부옥령을 쳐다보았다.

부옥령은 비밀스러운 대화 때문에 자신을 나가라고 할 것 같아서 미리 선수를 쳤다.

"저는 좌호법으로서 두 분의 최측근입니다."

민수림이 약간 차갑게 말했다.

"그래서?"

"두 분께 어느 누구보다도 도움을 줄 수 있는 신분이고 또 위치에 있습니다."

부옥령은 탁자 아래에서 진검룡의 허벅지 바깥쪽을 살짝 꼬집었다. 자신을 도와달라는 무언의 요청이다.

진검룡이 고개를 끄떡였다.

"령아는 알아도 괜찮으니까 놔둡시다."

부옥령은 자신을 이 자리에 있게 한 것보다 그가 '령아'라고 불러준 것을 크게 기뻐했다.

진검룡은 십칠팔 세로 젊어진 부옥령의 실제 나이가 사십 대 초반이라는 사실을 잊은 듯했다.

민수림이 고개를 끄떡였다.

"알았어요."

사실 동천목산에서 진검룡과 민수림에게 일어났던 일을 시시콜콜 자세하게 설명하지 않는 한 지금처럼 지엽적으로 들어서는 아무도 이해하거나 알아차리지 못할 것이다.

민수림이 결론을 내렸다.

"여타 공력 같은 것 없이 오로지 순정기만 있는 사람이 치료가 가능한 거 같아요."

"아… 그렇습니까?"

진검룡은 머릿속이 환하게 밝아지는 것 같았다. 그가 생각해 봐도 민수림의 말이 맞을 듯했다. 그것 말고는 달리 설명한 방법이 없다.

곰곰이 생각하던 그는 크게 고개를 끄떡였다.

"맞을 겁니다. 체내에 순정기만 있는 저라서 치료가 가능한 게 틀림없습니다."

민수림은 방그레 미소 지었다.

"그래요."

그것으로 순정기에 대한 두 사람의 대화가 끝나서 부옥령은 아무런 소득을 얻지 못했다.

쌍영웅각 연공실 안에 영웅호위대 대주 옥소를 비롯하여 다섯 명의 부대주들이 나란히 도열해 있다.

제일부대주는 정무웅이고 제이부대주는 십엽루의 팔엽인 당하, 제삼부대주 역시 십엽루의 구엽인 상금, 제사부대주는 고범의 호위무사였던 마달, 그리고 제오부대주는 검황천문 탈혼부의 제팔분부주였던 위용이다.

진검룡과 민수림은 아까 술을 마시면서 의논한 결과 이들 여섯 명을 불러서 임독양맥을 소통시켜 주었다.

각자 세 명씩 해주었는데 남자가 두 명뿐이라서 진검룡이 정무웅과 마달, 영웅호위대주인 옥소를 해주고, 민수림이 다른 세 명의 여자 부대주들을 해주었다. 여섯 명을 해주는 데 도합 두 시진이 걸렸다.

옥소와 다섯 명의 부대주들은 세 차례씩의 운공조식이 끝난 후에 일어나서 나란히 서 있는데도 아직 제정신을 차리지 못한 것 같다.

이들은 자신들의 임독양맥이 소통되어 공력이 거의 두 배로 급증했다는 사실을 아직도 믿지 못하고 얼떨떨한 기분으로 서 있다.

하긴 이들만 그런 것이 아니다. 지금까지 진검룡이 임독양맥을 소통해 준 모든 사람들이 똑같은 반응을 보였었다.

생각 같아서는 영웅호위대, 아니, 영웅문 전원의 임독양맥을 소통해 주고 싶지만 거기에는 그러지 말아야 할 마땅한 이유가 있다.

그렇게 하는 것은 무림의 질서를 어지럽히는 것이라는 생각이 들었기 때문이다.

진검룡은 무공이라는 것은 각자 개인이 오랜 세월 동안 힘들여서 연마를 하든지 아니면 따로 기연을 얻든지 순전히 각자의 몫이라고 믿어왔다.

그런데 임독양맥의 소통이라는 행위는 한순간에 공력이 급증하는 것이므로 한 움큼의 노력도 없이 그냥 얻는 불로소득 같은 것이다.

원래 기연은 하늘이 주는 것이라고 했으므로 절대로 인간이 개입할 일이 아니다.

임독양맥의 소통은 기연과도 같아서 인간인 진검룡이 함부로 남발하는 것은 아니라는 생각이 들었다.

인간의 일이란, 그리고 앞날이라는 것은 누구도 알 수가 없는데 진검룡이 개입하는 것은 순리를 역행하는 일이다.

진검룡이 임독양맥을 소통해 준 사람이 나중에 적이 될 수도 있을 테고, 아니면 무림에 해악을 끼치는 악인이 될 수도 있는 일이다.

그래서 그와 민수림은 자신들의 최측근이라고 생각하는 사람들 즉, 간부급들만 임독양맥을 소통해 주기로 했다.

그렇게 하면 곧 벌어질 검황천문 삼천오백여 명과의 싸움에서 큰 위력을 발휘하게 될 터이다.

옥소를 비롯한 여섯 명은 태어나 지금까지 살아오면서 누군가에게 은혜를 입은 적이 있었지만, 임독양맥의 소통과 비교할 만큼 큰 은혜는 아니었다.

말하자면 이것은 흔히 말하는 삼생을 살아도 갚기 어려운 대은(大恩)인 것이다.

옥소를 비롯한 여섯 명은 한곳을 물끄러미 바라보고 있는데 모두 눈물을 흘리고 있다.

그들의 시선이 멈춘 곳에는 진검룡과 민수림이 바닥에 마주 보고 앉아서 운공조식을 하고 있다.

두 사람은 얼마나 힘들었으면 아직도 머리 꼭대기부터 온몸이 땀으로 흠뻑 젖어 있으며 가늘게 어깨를 들먹이고 있다.

옥소를 비롯한 여섯 명의 임독양맥을 소통하느라 기진맥진해서 그렇다.

이들 여섯 명은 임독양맥 소통 이후 세 차례씩의 운공조식이 끝났는데도 진검룡과 민수림은 아직까지도 기력을 회복하지 못하고 있는 것이다.

누구보다 강건하고 굴강한 성격인 정무웅과 마발마저도 굵은 눈물을 뚝뚝 흘리고 있는 것을 보면 이들이 얼마나 큰 감동을 받았는지 짐작할 수가 있다.

그때 정무웅이 진검룡과 민수림을 향해 천천히 무릎을 꿇고 바닥에 납작하게 부복을 하더니 이마를 바닥에 붙였다.

뒤이어 마달과 옥소 등 나머지 다섯 명도 앞다투어 부복을 하고는 오랫동안 움직이지 않았다.

사흘 후, 검황천문 영웅문 토벌대 선두가 항주 서북쪽 삼십여 리에 있는 막간산 동쪽 벌판에 도착했다.

선두는 삼백여 명 정도인데 막간산 동쪽 동철계(東哲溪)라는 작은 강가에 진을 쳤다.

토벌대 삼천오백여 명은 긴 띠를 이루어서 오고 있는 중인데 그 길이가 무려 오 리에 달했다.

＊　　　＊　　　＊

막간산에 진을 친 검황천문 세력이 보낸 세 명의 고수가 영웅문에 도착했다.

검황천문의 전령인 세 명의 고수는 쌍영웅각 일 층 대전으로 안내되어 보무도 당당하게 들어섰다.

저벅저벅……

세 명은 각각 백의와 황의, 청의를 입고 있으며, 검황천문 십이부의 천의부, 낙성부, 뇌도부 고수다.

저벅저벅……

공력이 팔십 년에서 백 년까지의 고수들이므로 전혀 기척 없이 걸을 수 있는데도 일부러 크게 발소리를 내서 대전을 울리게 만들었다.

넓은 대전 양쪽에는 벽을 등지고 영웅문의 간부급들이 위풍당당한 모습으로 늘어서 있지만 이들 세 명은 조금도 기가 죽지 않은 모습이다.

세 명은 단의 세 걸음 앞까지 걸어와서 걸음을 멈추고는 일렬횡대로 늘어서더니 고개를 빳빳하게 들고 단상의 태사의에 앉아 있는 진검룡과 민수림을 쳐다보았다.

이들은 여기에 있는 사람들을 모두 상대하여 이길 수 있기 때문에 오만방자한 것이 아니다.

자신들의 뒤에는 더 이상 위대할 수 없는 남천의 하늘 검황천문이 버티고 있으므로 그것을 믿는 것이다.

단상에는 두 개의 태사의에 진검룡과 민수림이 나란히 앉았으며, 진검룡 옆에는 부옥령이 우뚝 서 있고, 대여섯 걸음 떨어진 옆에 청랑과 은조가 서 있다.

십엽루의 삼엽인 은조는 그동안 십엽루에서 현수란의 대리 노릇을 하느라 영웅문에는 코빼기도 비치지 못했다.

몇 달 전에 은조는 현수란의 강력한 권유로 진검룡의 수하가 됐었다.

진검룡은 그녀가 친구가 되길 원했는데 그녀는 자신이 그보다 나이가 두 살 많다는 이유로 누나가 되길 원했다가 거절당했으며 그 이후에 수하가 됐었다.

은조는 무척이나 영웅문에 오고 싶었다.

그러나 현수란이 그녀에게 십엽루를 맡기고 자신은 영웅문에 상주하고 있는 바람에 은조로서는 도무지 시간을 내지 못했었다.

은조는 원래 영웅호위대에 속했으나 워낙 자리를 자주 그리고 오래 비우니까 제외시켜 버렸다.

그래서 지금은 임시로 진검룡과 민수림의 측근 호위고수를 서고 있다.

그녀가 진검룡의 수하이기는 하지만 마땅하게 휘하에 들어갈 곳이 없기 때문이다.

여종 신분인 청랑은 은조와 조금 친하기 때문에 두 여자는 사이좋게 호위고수를 서고 있다.

단하 오른쪽 첫 번째에 서 있는 칠흑처럼 검은 흑의 경장을 입은 옥소가 검황천문 세 고수를 주시하며 단단하고 나직한 목소리로 말했다.

"부복해라."

세 명 중 한 명이 힐끗 옥소를 쳐다보고는 다시 단상을 꼿꼿하게 쳐다보았다.

무슨 헛소리냐는 표정이며, 무릎을 꿇기는커녕 고개를 숙일 마음도 없다는 뜻이다.

또한 세 명의 얼굴에는 '설마 검황천문의 전령을 죽이기야 하겠느냐', '어디 해볼 테면 해봐라'라는 표정이 짙었다.

뚜각! 우두둑!

"억!"

"끄억……!"

그런데 그 순간 뼈 부러지는 요란한 음향과 신음 소리가 동시에 터져 나왔다.

그와 동시에 검황천문 세 명의 고수가 그 자리에 고꾸라지듯이 엎어졌다.

쿠쿵… 쿵!

간부급들은 그때 옥소가 세 명에게 뻗었던 손을 거두고 있는 모습을 보고 적잖이 놀라면서도 한편으로는 어떻게 된 일인지 짐작할 수 있다는 표정을 지었다.

　옥소는 이 장 거리에 있는 세 명에게 손을 뻗어서 허공을 격해 허공섭물과 금나수의 수법을 동시에 발휘하여 그들의 정강이를 꺾어서 부러뜨린 것이다.

　볼일을 보러 가서 아직 영웅문으로 돌아오지 않은 당주 몇 사람을 제외하고는 이곳의 간부들 모두 한 명도 빠짐없이 임독양맥이 소통되었다.

　그랬기에 중인들은 영웅호위대주인 옥소가 증진된 삼백사십 년의 공력으로 세 명의 고수 다리를 한꺼번에 부러뜨렸다는 사실을 알고서도 그다지 놀라지 않은 것이다.

　옥소가 싸늘하게 중얼거렸다.

　"죽기 싫으면 제대로 행동해라."

　"으으……."

　주저앉은 세 명의 고수는 신음을 삼키며 옥소와 주변을 잔뜩 경계했다.

　옥소가 다시 말했다.

　"왜 왔느냐?"

　"으음… 우호법 존하(尊下)의 서찰을 갖고 왔다."

　한 명이 고통 때문에 얼굴을 찌푸린 채 품속에서 한 통의 봉서(封書)를 꺼냈다.

팟!

그런데 그의 손에서 봉서가 벗어나 옥소에게 둥둥 떠서 느릿하게 날아갔다.

옥소는 허공섭물의 수법을 아무렇지도 않게 발휘하여 봉서를 손에 잡고는 단상으로 올라가서 공손히 부옥령에게 두 손으로 내밀었다.

다시 제자리로 돌아오는 옥소의 양어깨가 자랑스러움으로 한껏 올라갔다.

평소에 그녀는 자신이 절정고수가 되면 제일 먼저 하고 싶었던 것이 허공섭물이라든가 능공허도 같은 것이었는데 지금은 그냥 손만 뻗고 마음만 먹으면 다 할 수 있다.

찌익!

부옥령은 봉서를 뜯어 서찰을 꺼내서 진검룡에게 바쳤다.

진검룡은 표정의 변화 없이 묵묵히 서찰을 읽었고, 민수림도 같이 보고 나서 서찰을 부옥령에게 주었다.

서찰에는 내일 정오에 영웅문주더러 어디로 나오라는 명령조의 내용이 적혀 있었다. 동방해룡이 예상했던 대로다.

진검룡은 가볍게 고개를 끄떡이며 단하에 부복한 세 명에게 말했다.

"약속 장소로 가겠다고 전해라."

옥소가 짧게 명령했다.

"끌고 나가라."

내문오당의 단기당(端機堂) 무사들 십여 명이 재빨리 달려 들어와서 검황천문 고수 세 명을 대전 밖으로 짐짝처럼 질질 끌고 나갔다.

　그들은 두 필의 말이 끄는 마차에 태워져서 검황천문 세력이 진을 치고 있는 막간산으로 향했다.

　항주 성내는 물론이고 인근의 방파와 문파, 즉, 항주무림은 극도의 긴장 상태에 빠져 있다.

　검황천문의 최정예고수 삼천오백여 명이 영웅문을 공격하려고 항주 북쪽 막간산 기슭에 포진하고 있다는 소문이 항주 전역에 파다하게 퍼졌기 때문이다.

　무림인들은 꼼짝도 하지 않았으며 일반 성민들도 되도록 성 밖 북쪽으로는 나가지 않았다.

　다각다각…….

　열여덟 필의 인마(人馬)가 항주 북문을 나섰다.

　선두에는 영웅호위대주 옥소와 정무웅을 비롯한 다섯 명의 영웅호위대 부대주들이 탄 여섯 필의 말들이 위풍당당하게 앞길을 트고 있다.

　그 뒤에 진검룡과 민수림의 말이 나란히, 두 사람 뒤에 부옥령과 청랑, 은조, 그리고 후미에 외문칠당 일곱 명의 당주들이 탄 말발굽 소리가 묵직하게 지축을 울리고 있다.

이들 십팔 명은 검황천문 우호법이 제시한 장소인 무강현(武康縣)으로 가고 있다.

약속 장소에 어떤 위험이 도사리고 있을지 모르는데도 진검룡과 민수림 등은 추호도 긴장하거나 겁먹은 얼굴이 아니고 오히려 두런두런 대화를 나누는 등 느긋하다.

우호법 연운조와 중문주 동방창승이 막간산 근처에 진을 친 것은 무엇보다도 좋은 일이다.

만약에 그들이 영웅문으로 곧장 쳐들어왔으면 영웅문 내에서 싸움이 벌어졌을 것이다.

그랬다면 영웅문은 큰 피해를 피하지 못할 것이다. 영웅문의 전각들이나 기물이 파괴되는 것은 차치하고서라도, 영웅문에 적을 두고 있는 전원의 가족들이 바로 옆 영웅사문에서 살고 있기 때문이다.

민간인을 죽이거나 약탈하는 것은 녹림(綠林)이나 하는 짓이지만, 만약 싸움이 격화되고 눈에 보이는 것이 없는 상황에 이르게 된다면 검황천문이라고 해서 민간인을 죽이지 말란 법이 없을 터이다.

막간산 동쪽 동철계 강가는 드넓은 벌판과 야트막한 능선이므로 싸우기에 적당하고, 영웅문으로서는 적들을 습격하기에 좋은 지형이다.

절강성 전역의 모든 방파와 문파들을 모으러 떠난 오룡당주 손록과 십엽당주 현수란, 금성당주 공손창이 보낸 전서구에 의하면 절강성 전체 팔십다섯 개 중에서 소집에 응한 곳이 사십두 곳이라고 한다.

절반 정도이며 사십두 곳에서 보낸 인원이 도합 사천오백여 명이라고 했다.

전체 팔십다섯 곳의 인원이 만오천여 명이며, 거기에 절반이면 칠천오백여 명이어야 하는데 사천오백여 명만 온다면 절반에 턱없이 부족하다.

시간이 너무 촉박했다. 만약 시일이 넉넉했다면 대다수 방파와 문파들을 설득할 수 있었을 것이다.

그렇지만 상관없다. 처음부터 만오천여 명이 다 올 것이라고 예상하지 않았었다.

이번 검황천문과의 전투의 작전은 부옥령이 짰으며, 그녀의 설명을 들은 진검룡과 민수림은 두말없이 그렇게 하기로 결정했다.

부옥령의 말을 빌리자면 이번 작전명은 병풍전(屏風戰)이라고 한다.

영웅문 고수 천여 명과 절강성 전역에서 운집한 사천오백여 명으로 검황천문 고수 삼천오백여 명을 병풍처럼 포위하고는 진검룡을 비롯한 최정예가 적의 대가리들을 죽이거나 제압하여 예봉(銳鋒)을 꺾어버리는 것이다.

그러면 우두머리를 잃어버린 적들이 우왕좌왕할 것이고, 그때 적들을 쫓아버리거나 아니면 섬멸한다는 작전이다.

진검룡과 민수림이 영웅문 간부급 거의 전원의 임독양맥을 소통시켜 주지 않았더라면 부옥령이 짠 작전 병풍전은 어림도 없는 일이다.

진검룡과 민수림, 부옥령이 있으므로 적의 지휘부를 상대하는 것은 아무런 걱정이 없다.

우호법과 중문주가 아무리 고강하다고 해도 무조건 진검룡과 민수림, 부옥령보다는 하수다.

그 이유는 그들이 약해서가 아니라 진검룡 등이 지나치게 고강하기 때문이다.

아니, 영웅문의 간부급 두 명이 합공하면 적의 최고 우두머리인 우호법 연운조와 중문주 동방창승 정도는 너끈히 상대하고도 남을 터이다.

동방남매의 말에 의하면 검황천문 우호법 연운조의 공력이 삼백오십 년 수준이라고 한다.

영웅문 간부급들은 다들 공력 이백오십 년이 넘고 그중 몇명은 삼백 년이 넘는다.

그러므로 영웅문 간부 두 명이 합공하면 우호법 연운조나 중문주 동방창승을 때려눕힐 수 있을 터이다.

더구나 영웅문 사람들은 모두 민수림이 정파의 절학들을 가르쳤기에 하루가 다르게 무공이 고강해지고 있다.

진검룡과 민수림을 비롯하여 영웅호위대 대주, 부대주 여섯 명과 외문팔당주 여덟 명, 이렇게 열여섯 명이 한데 뭉쳐서 공격하면 검황천문 삼천오백여 명이라고 해도 전혀 무섭지 않을 것이다.

복건성으로 신해문 잔존세력을 모으러 간 훈용강과 그와 같이 간 동방도혜, 정향, 그리고 강서성 조양문으로 간 연검당주 태동화가 아직 돌아오지 않은 상황이다.

그들은 항주에 거의 다 와가고 있다고 해서 도착하는 즉시 이리 달려오라고 일러두었다.

영웅호위대주와 부대주들이 선두로 가는 이유는 그들이 문주와 태문주의 호위고수이기도 하지만 이곳 지리와 지형을 아주 잘 알고 있기 때문이다.

다각다각…….

약간 뒤처졌던 부옥령이 발뒤꿈치로 말 옆구리를 찌르며 앞으로 나섰다.

청랑과 은조는 부옥령이 앞서는 것을 지켜보기만 할 뿐이다.

은조는 처음 보는 부옥령에 대해서 잘 모르지만 청랑의 입을 통해서 자세한 설명을 들었다.

물론 부옥령에게 호되게 당한 청랑이 그녀에 대해서 좋게 말했을 리가 없다.

은조 역시 진검룡을 연모하고 따르지만 청랑처럼 막무가내는 아니고 그녀와 신분도 다르다.

뒤따르던 부옥령은 진검룡 오른쪽으로 나란히 말을 몰면서 그를 정감 어린 눈빛으로 바라보았다.

[주인님, 소첩 곁에서 떨어지지 마세요.]

진검룡은 그녀를 쳐다보지도 않았다.

[약속하세요. 소첩 곁에서 멀리 떨어지면 절대 안 돼요.]

그래도 진검룡이 쳐다보지도 않자 부옥령은 조금 더 가깝게 다가오면서 종알거렸다.

[주인님, 소첩의 말 못 들었어요? 싸울 때 소첩에게서 이 장 이상 벗어나지 마세요.]

그녀는 싸움이 벌어지면 진검룡에게 무슨 변고가 생길까 봐 조바심이 났다.

[시끄럽다, 인석아!]

부옥령이 반로환동의 입신지경에 이르렀지만 진검룡은 자신의 한 몸 정도는 충분히 지킬 수 있다고 믿었다.

그러니 부옥령에게 신세 질 일은 없을 터이다.

부옥령은 더 이상 말하지 않고 입술을 삐죽거렸다.

'그렇다면 소첩이 주인님 곁을 떠나지 않으면 되죠.'

그녀는 조금씩 그리고 빠르게 예전 천군성에서의 좌호법을 잃어가고 있는 자신을 깨닫지 못하고 있다.

第八十九章

주루회담(酒樓會談)

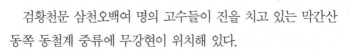

　검황천문 삼천오백여 명의 고수들이 진을 치고 있는 막간산 동쪽 동철계 중류에 무강현이 위치해 있다.

　그들이 진을 치고 있는 막간산 기슭에서 무강현까지는 이십오 리, 항주에서는 삼십 리 거리다.

　무강현으로 들어가기 전에 제법 높은 고개가 있으며, 그 고갯마루 강 쪽으로 제법 규모가 큰 이 층 주루 한 채가 있는데 그곳이 약속 장소다.

　검황천문 우호법 연운조와 중문주 동방창승은 먼저 와서 주루 이 층에서 술을 마시고 있다.

　당연한 일이지만 우호법 일행은 주루 전체를 전세 냈으며,

손님을 일절 받지 않는다.

주루 안팎에는 일각사전의 청룡전 청룡고수 오십여 명이 호위와 경계를 하고 있다.

다각다각…….

진검룡 일행이 탄 말들이 주루 앞 넓은 마당으로 줄줄이 들어서는 것을 넓은 마당에 둘러서 있는 검황천문 청룡고수들이 지켜보고 있다.

청랑과 은조가 재빨리 말에서 내려 달려왔다.

그리고 진검룡과 민수림의 말고삐를 잡아 두 사람이 내릴 수 있도록 해주었다.

주루 입구와 마당의 둘레에는 청룡고수 사십여 명이 포위망을 형성하듯이 서서 진검룡 일행을 날카로운 시선으로 주시하고 있다.

영웅호위대 여섯 명과 외문칠당의 풍건을 비롯한 일곱 명의 당주들이 말에서 내려 고삐를 기둥에 묶었다.

영웅문 사람들이 그러고 있는 와중에 청룡고수 몇 명이 누군가를 발견하고 얼굴에 놀라는 표정이 가득 떠올랐다.

청룡고수들이 발견한 인물은 다름 아닌 동방해룡이다. 그는 얼마 전까지만 해도 검황천문 태문주의 셋째 아들이며 이각사전의 백호전 전주였다.

아니, 지금 현재도 검황천문과 무림에서는 모두들 그렇게 생각하고 있다.

여기에 있는 청룡고수들은 백호전주 동방해룡이 검황천문을 배신하고 영웅문주의 수하가 됐을 것이라는 사실은 꿈에서조차 짐작하지 못하고 있다.

절대로 그럴 일이 없을 것이기 때문이다. 검황천문 태문주의 친아들이 영웅문주의 수하가 되다니 하늘이 두 쪽이 난다고 해도 있을 수 없는 일이다.

청룡고수들이 제일 먼저 생각할 수 있는 것은 동방해룡이 영웅문에 제압당했을지도 모른다는 것이다.

그렇지만 그 추측은 곧 깨졌다. 동방해룡이 영웅문의 고수들에 섞여서 너무나도 자연스럽고 태연하게 주루 입구로 걸어가고 있기 때문이다.

검황천문에서는 얼마 전 이각사전의 백호전과 주작전이 영웅문을 공격하러 갔다가 전멸한 것으로 알고 있다.

영웅문 고수들과 치열하게 전투를 벌였으며 그 결과 백호전과 주작전이 한 명도 살아남지 못하고 전멸한 것을 직접 본 사람이 한둘이 아니었다.

그래서 태문주는 우호법과 중문주에게 최정예고수 삼천오백여 명을 주어서 보낸 것이다.

이번에야말로 영웅문을 접수하거나 괴멸시켜서 깨끗하게 처리하라는 것이 태문주의 명령이다.

주루 입구에서 누군가 진검룡 일행을 제지했다.

"영웅문주와 태상문주만 들어가시오."

주루 입구에는 청룡이 수놓인 경장을 입은 청룡고수 네 명과 역시 청룡이 수놓인 단삼을 입은 고수 한 명이 입구를 가로막은 채 서 있다.

뒤쪽에 서 있는 동방해룡이 진검룡과 민수림, 부옥령에게 전음으로 알려주었다.

[청의단삼을 입은 자가 청룡전주입니다. 그리고 청의고수들은 청룡전 청룡고수들입니다.]

방금 말한 청룡전주가 진검룡 등에게 마치 아랫사람을 대하듯이 눈을 위아래로 부라리며 말했다.

"무기는 풀어놓도록 하시오."

앞장선 부옥령이 두 손을 허리에 얹고 턱을 슬쩍 치켜들면서 오만한 표정으로 말했다.

"주루 안에 두 명만 있느냐?"

청룡전주는 영웅문 사람들을 개돼지처럼 여기고 있지만 그래도 최소한의 예의를 차렸으나, 부옥령은 아예 이들을 대놓고 개돼지 취급을 했다.

그러나 참은 쪽은 청룡전주다. 그는 일을 망치게 될까 봐 인내심을 발휘했다. 그의 울대가 오르락내리락하는 걸 봐서 알 수 있다.

"그렇지 않소. 그건 왜 묻소?"

"안에 두 명만 있다면 우리도 두 명이 들어가는 것이 이치에 맞지만, 안에 여러 명이 있으면서도 우리더러 두 명만 들어가라고 하는 것은 우리가 무섭기 때문이냐?"

"그건……."

"또한 안에 있는 자들이 무기를 지니지 않았느냐?"

"……."

"안에 있는 자들은 무기를 지니고 있으면서 우리더러 무기를 풀어놓고 들어가라는 것 역시 우리가 너무나도 무섭기 때문이 아니냐?"

청룡전주가 기가 막혀서 말을 못 하는데 부옥령의 카랑카랑한 웃음소리가 울렸다.

"하하하하! 살살 다루어줄 테니까 겁먹지 마라!"

"감히……."

"하하하하! 원래 잡종 똥개들이 무리를 지어 짖어대지만 백수의 왕 맹호는 눈썹 하나 까딱하지 않는단다!"

"으음……!"

"아하하하! 얼마나 겁을 집어먹었으면 자신들은 떼거리로 몰려 있으면서 우리더러 두 명만 달랑, 그것도 무기를 풀어놓고 들어가 달라고 애원을 하겠느냐?"

"닥쳐라! 이년!"

청룡전주가 더 이상 참지 못하고 다섯 걸음 앞의 부옥령을 향해 오른손 일장을 뻗었다.

빠각!

"흐악!"

그러나 청룡전주는 일장을 발출하려고 앞으로 힘껏 뻗은 오른팔이 경쾌한 음향을 내면서 부러지며 찢어지는 듯한 비명을 터뜨렸다.

그런데 그게 끝이 아니다.

우두둑! 뿌드득… 뻐걱……!

"끄아아―!"

그의 왼팔까지 두 팔 모두 마치 밧줄이 꼬이듯이 제멋대로 구불구불 꺾이며 꽈지고 있지 않은가.

그의 왼팔은 자신의 목과 얼굴을 칭칭 감고, 오른팔은 뼈가 없는 것처럼 제 팔을 꼬고 있는 해괴한 광경이다.

청룡전주는 혀가 목구멍 안으로 다 말려 들어가 지독히도 고통스러워서 비명 소리가 제대로 나오지 않았다.

아니, 왼팔이 입을 틀어막고 있어서 비명을 지를 수도 없는 처지다.

물론 두 손을 허리에 얹고 있는 부옥령이 무형지기를 발출하여 청룡전주를 혼내준 것인데, 그 사실을 알고 있는 것은 진검룡 쪽 사람들뿐이다.

좌우에 있는 청룡고수들은 청룡전주가 속수무책으로 당하는 광경을 보고 너무 놀란 나머지 자신들이 어떻게 해야 할지 망각한 채 주춤거렸다.

"주군, 들어가세요."

부옥령이 진검룡과 민수림을 향해 공손히 허리를 굽히며 옆으로 비켜섰다.

진검룡이 들어가려는데 입구에 있던 청룡고수들이 그제야 검을 뽑으면서 일제히 공격해 왔다.

차차차창!

"멈춰라!"

부옥령이 귀찮다는 듯이 그들을 쳐다보지도 않고 양손을 슬쩍 휘저었다.

후와아앙!

"흐아악!"

"와아악!"

그러자 양쪽에서 공격하던 청룡고수 네 명이 태풍에 날리는 가랑잎처럼 속절없이 날아갔다.

진검룡과 민수림, 부옥령, 청랑, 은조, 그리고 옥소와 영웅호 위대 부대주 다섯 명이 주루 안으로 들어가자 청룡고수들이 사방에서 쏘아왔다.

그러자 외문당주 일곱 명이 주루 입구를 등지고 막아서며 무기를 뽑았다.

스르릉! 차차창!

임독양맥이 소통된 외문당주 일곱 명이라면 청룡고수 정도는 백 명이 덤벼도 일각 안에 몰살시킬 수 있을 것이다.

주루 안 일 층은 텅 비어 있으며 계단 입구에 서 있는 두 명의 청룡고수가 긴장한 얼굴로 이쪽을 쳐다보고 있을 뿐이다.

부옥령이 손을 쓰려는데 청랑이 앞으로 나서면서 슬쩍 오른손 손목을 흔들었다.

퍼퍽!

"끄윽!"

"커흑!"

두 줄기 강맹하고도 빠른 경풍이 뿜어져서 청룡고수 두 명의 이마를 적중시켜 머리를 으스러뜨리며 뒤로 쏜살같이 날아가게 만들었다.

주루 입구 밖에서는 둔탁한 격타음과 어지러운 비명 소리가 터지기 시작했다.

영웅문 외문칠당 당주들이 청룡고수들을 무차별 도륙 하고 있는 소리다.

무기끼리 서로 부딪치는 음향이 나지 않는 것으로 봐서 외문칠당 당주들이 압도적으로 우세한 싸움을 하고 있는 것이 분명하다.

저벅저벅…….

청랑과 은조가 앞서고 그 뒤를 옥소와 다섯 명의 영웅호위대 부대주들이 진검룡과 민수림, 부옥령을 둘러싼 채 계단을 천천히 올랐다.

처척!

옥소와 부대주들이 계단 끝 이 층에 올라서고, 뒤이어 진검룡과 민수림, 부옥령이 올라섰다.

계단에서 저만치 오 장쯤 떨어진 창가 자리에 네 명이 앉아서 술을 마시고 있는데 자기들끼리 대화를 하느라 이쪽은 쳐다보지도 않았다.

그렇지만 항주 성내 온갖 잡일을 하면서 터득한 진검룡의 눈치를 벗어날 수는 없다.

저들은 일부러 이쪽을 무시하고 있는 것이 분명하다. 어색한 대화나 표정만 봐도 알 수 있다.

진검룡 일행이 올라온 것을 알면서도 저러는 것은 명백하게 무시하는 것이다.

그런데 뜻밖에도 이 층에는 그들 네 명뿐이고 검황천문 고수는 한 명도 보이지 않았다.

그런데도 진검룡 일행은 십여 명이 우르르 몰려서 올라왔으니 조금 낯 뜨거운 상황이다.

하지만 진검룡 일행은 원래 낯이 두꺼워서 이런 걸 갖고 낯뜨거워할 사람은 아무도 없다.

진검룡은 그들에게 걸어가며 전음을 했다.

[령아와 랑아 둘만 따라와라.]

저쪽이 네 명이니까 이쪽도 네 명이어야 구색이 맞지 않을까 하는 다분히 순진한 생각이다.

진검룡 등이 가까이 갔는데도 그들 네 명은 자기들끼리만 대화를 하면서 거들떠보지 않았다.

진검룡이 느릿하게 걸어가고 있는데 동방해룡의 전음이 전해졌다.

[백의 비단옷은 중문주인 동방창승이고 황의 비단장포는 우호법인 연운조, 그리고 금의 비단옷이 삼장로 지광(地廣), 꽃무늬 화의 비단옷은 태문주의 정실부인 연보진(淵寶眞)입니다. 저들 두 명이 왔을 줄은 예상하지 못했습니다.]

검황천문 삼천오백여 고수들의 최고 우두머리가 우호법과 중문주 두 명인 줄 알았는데 뜻밖에도 굉장한 신분의 인물이 두 명이나 있다.

태문주의 정실부인과 삼장로다. 진검룡은 그들에 대한 사전 정보가 전혀 없다.

동방해룡은 외문칠당 당주들과 주루 입구에 같이 있는 줄 알았는데 여기 상황을 설명해 주려고 따라온 모양이다.

[정실부인 연보진이 대단한 고수라는 말을 들었는데 어느 정도인지는 잘 모릅니다.]

때마침 고개를 들어 이쪽을 쳐다보는 사십 대 초반의 여자 연보진은 매우 요염하면서도 차가운 인상을 지녔다.

요염함과 차가움은 이질적인 성격인데도 그녀에게는 잘 어울려 보였다.

[저 여자의 실제 나이는 오십오 세이고 매우 냉정한 성격인 것으로 압니다.]

동방해룡이 자세하게 설명하지 못하는 것으로 봐서 태문주의 정실부인이라는 연보진은 신비한 여자인 듯하다.

동방해룡은 계단 쪽에 모여 있는 옥소와 영웅호위대 부대주들 틈에 끼어서 숨는 것처럼 섰다. 그의 얼굴이 드러나서 좋을 게 없기 때문이다.

그들 중 유일한 여자인 연보진이 가까이 다가온 진검룡을 보면서 일어서며 화사한 미소를 지었다.

"어서 오세요."

연보진이 일어나자 탁자 둘레에 앉아 있던 다른 세 명도 우르르 일어섰다.

가까이 다가간 진검룡이 재빨리 훑어보니까 연보진을 제외한 세 명 모두 입가와 눈에 엷은 비웃음과 조롱의 기색이 은은하게 깔려 있다.

그로 미루어 진검룡 일행을 발가락 사이의 때처럼 여기고 있지만 자기들 딴에는 예의를 갖추는 것 같았다.

그런데 연보진을 비롯한 검황천문 사람 네 명의 시선이 일제히 민수림과 부옥령에게 집중되었다.

두말할 것도 없이 민수림과 부옥령이 지상에서는 짝을 찾을 수 없을 만큼 천하절색이기 때문에 그들의 눈과 혼을 한순간에 장악해 버린 것이다.

　사람은 느닷없이 호되게 뒤통수를 맞으면 한동안 정신을 차리지 못하는데 지금 이들이 그렇다.

　반드시 맞아야지만 멍한 충격을 받는 것이 아니다.

　이들 네 명은 자신들이 무엇 때문에 이곳에 왔는지도 잠시 망각한 채 민수림과 부옥령을 멍하니 바라보기만 했다.

　이들 네 명은 적은 나이가 아니지만 이날까지 살아오면서 민수림과 부옥령처럼 천하절색의 미모를 지닌 여자를 한 번도 본 적이 없었다.

　정실부인 연보진은 젊은 시절에 대단한 미명을 떨쳤으며 그녀 스스로도 자신이 뛰어난 미인이라는 자부심을 품고 지금까지 살아왔다.

　조금 전까지만 해도 비록 나이는 먹었지만 여전히 자신의 미모를 능가할 만한 여자는 없을 것이라고 자부했었으나 그게 민수림과 부옥령을 보는 순간 여지없이 박살 나버렸다.

　민수림과 부옥령은 연보진의 미모를 능가하는 정도가 아니라 그녀를 한없이 초라하게 만들었다.

　반면에 민수림과 부옥령은 싸늘하기 짝이 없는 표정으로

그들을 바라보았다.

제일 먼저 연보진과 삼장로 지광이 퍼뜩 정신을 차렸다.

정신을 차리려고 해서 차린 게 아니라 민수림과 부옥령이 눈가루처럼 차가운 눈빛으로 자신들을 쏘아보고 있다는 사실을 깨달았기 때문이다.

*   *   *

민수림이 살짝 진검룡의 팔에 자신의 팔을 끼면서 육성으로 말했다.

"우리 술 마셔요."

중인은 민수림이 외모만이 아니라 목소리마저 천상의 선녀처럼 싱그럽고 그윽하다는 사실에 본의와는 달리 잠시 감탄하는 표정을 지었다.

부옥령도 진검룡의 팔짱을 살짝 끼고 미소 지으면서 한쪽의 탁자를 가리키며 소곤거리듯이 말했다.

"이리 앉으세요."

부옥령의 목소리마저 뼈와 살을 녹일 정도로 달콤했다.

진검룡 등이 다른 탁자로 걸어가는 것을 보고 일어서 있는 사람들 중에서 중문주 동방창승이 말했다.

"우리를 만나러 온 것이 아니오?"

진검룡은 빙긋 미소 지었다.

"우릴 보고도 알은척을 하지 않기에 귀하들이 검황천문 사람이 아닌 줄 알았소."

점잖은 목소리지만 다분히 이죽거리는 내용이다.

연보진이 자신들 탁자를 가리키며 방실방실 웃었다.

"여기에 우리하고 같이 앉아요."

사실 이들 검황천문의 네 명은 영웅문 인물들이 오면 자신들 앞에 세워두고 일장 훈계를 할 생각이었다.

동방창승과 연운조 정도만 돼도 충분히 그럴 수 있는데 태문주의 정실부인 연보진과 삼장로 지광까지 합세했으니까 천하에 무서울 게 없다.

그런데 이들 네 명 중에서 신분이 가장 높은 연보진이 진검룡 일행에게 자신들 자리에 앉기를 권하자 다른 세 사람은 아무도 반대하지 못했다.

그러나 진검룡의 이죽거림에 젊은 동방창승이 그냥 넘어가지 못하고 조금 더 심한 이죽거림으로 맞받아쳤다.

"귀하들이 들어오기도 전에 내 수하들을 괴롭히기에 영웅문이 아니라 무식한 무뢰배들인 줄 알았소."

진검룡은 껄껄 웃었다.

"하하하! 자고로 겁 없이 날뛰는 개들이란 때려야 하는 법이오! 당신들이 개 주인이었소? 원한다면 우리가 때려죽인 개 값을 물어주겠소."

그냥 놔두면 말이 길어지거나 싸움이 벌어질 분위기라서 지광이 나섰다.

"그만하고 앉으시오."

그들의 자리는 원래 매우 커다란 탁자여서 열 명이 둘러앉아도 남을 정도다.

영웅문 사람들이 오른쪽에, 검황천문 사람들이 왼쪽에 서로 마주 보는 자세로 앉았다.

사실 여기에 있는 검황천문의 네 명은 조금 전에 진검룡 일행이 주루 입구와 일 층에서 검황천문 고수들을 때려눕힌 것에 대해서 몹시 화가 났었다.

동방창승이 당장 달려 내려가서 이 근처에 매복해 있는 고수들을 모두 불러 진검룡 일행을 짓밟아놓으려고 하는 것을 연운조와 다른 사람들이 만류했었다.

동방창승보다 고강하고 생각이 깊은 세 사람은 주루 입구와 일 층에서 청룡전주와 청룡고수들을 핍박한 인물의 솜씨가 대단하다고 간파한 것이다.

이들은 어차피 영웅문 문주를 제압할 계획이었으므로, 자신들 자리에 앉히는 편이 여러모로 수월할 터이다.

진검룡 일행은 아무 때나 마음만 먹으면 검황천문 네 명을 죽이거나 제압할 수 있으므로 우선 술이나 마셔야겠다는 느긋한 생각이다.

그런 생각을 하는 것은 연보진 일행도 마찬가지다. 그들은 진검룡 일행을 조금 갖고 놀다가 제압할 계획이다.

그런 배려 아닌 배려를 베푸는 까닭은 순전히 연보진이 천하절색인 민수림과 부옥령, 그리고 그녀들을 거느리는 진검룡에 대한 호기심을 갖고 있기 때문이다.

진검룡 좌우에 민수림과 부옥령이 앉았으며, 청랑은 민수림 옆에 앉았다.

청랑이 여종의 신분으로 주인과 한자리에 앉을 수 있느냐 없느냐 하는 원론적인 문제는 이들에겐 더 이상 하등의 얘깃거리조차 되지 못한다.

청랑은 신분만 여종이지 진검룡의 최측근 호위고수나 다름이 없다.

연보진 등이 보기에는 진검룡이 영웅문주인 것 같은데 세 명의 여자는 그와 어떤 관계인지 도통 알 수가 없어서 유심히 그녀들을 살펴보았다.

진검룡 일행은 여기가 어디이고 무엇 하러 왔는지를 망각한 것처럼 자기들끼리 술을 따르고 잔을 부딪치더니 첫 잔을 시원하게 비웠다.

"이 술은 어때요?"

부옥령의 물음에 연보진 일행이 마시던 술을 마신 진검

룡과 민수림은 똑같이 눈살을 찌푸리며 가볍게 고개를 저었다.

"시궁창 맛이로군."

"시큼텁텁해."

그 말에 연보진과 동방창승 등의 얼굴이 슬쩍 일그러졌다. 자신들이 여태껏 맛있게 마신 술이 시궁창처럼 시큼텁텁한 맛이라니까 기분이 나빠진 것이다.

청랑이 등에 메고 있던 작은 바랑을 내려놓았다.

"제가 다른 술을 가져왔어요."

민수림은 눈을 반짝 빛냈다.

"이강주냐?"

청랑은 배시시 미소 지었다.

"그래요."

"어서 다오."

연보진 등은 동작을 멈추고 모두 청랑이 쥐고 있는 술병을 주시했다.

뿅!

청랑이 병마개를 따자 이강주의 썩은 듯하고 강렬한 주향이 태풍처럼 퍼져 나갔다.

"우웃!"

"음……!"

검황천문 사람 모두가 눈살을 찌푸리는데 얇고 방정맞은 동방창승은 코를 틀어막았다.

그러거나 말거나 청랑이 진검룡부터 두루 네 개의 잔에 이 강주를 따르자 주향이 더욱 강하게 퍼졌다.

그러나 진검룡과 민수림 등은 아랑곳하지 않고 광대한 사 막을 건너면서 지독한 갈증을 느꼈던 사람들처럼 허겁지겁 이 강주를 단숨에 마셨다.

"캬아~!"

"아아… 좋군요."

뒤늦게 독주인 이강주의 참맛을 알게 된 부옥령은 커다랗 고 싱그러운 눈을 깜빡거리며 감탄했다.

"아아… 천하제일주예요……!"

검황천문 사람들은 처음에는 주향 때문에 눈살을 찌푸렸다 가 진검룡 등이 이강주를 너무나도 맛있게 마시니까 어느덧 호기심이 생겼다.

연보진이 미소 지으며 말했다.

"나도 한 잔 주겠어요?"

청랑이 마뜩찮게 샐쭉한 표정을 짓자 진검룡이 술병을 쥐 고 흔쾌히 내밀었다.

"그러시오."

쪼르르…….

연보진이 찰랑찰랑하게 넘치는 술잔을 입으로 가져가자 지 광과 연운조, 동방창승은 만류하지 않고 조금 기대하는 얼굴로 지켜보았다.

진검룡 등이 맛있게 마셨으므로 필경 연보진도 그런 반응을 보일 것이라고 예상했다. 말하자면 주향은 지독한데 술맛은 좋을 것이라고 기대한 것이다.

그런데 술잔을 입으로 가져가는 연보진이 오만상을 찌푸리는 것이 아닌가.

술에서 얼마나 지독한 주향이 코를 찌르는지 머리가 띵할 정도다.

그녀가 잠시 멈칫하면서 쳐다보자 진검룡과 민수림 등은 매우 흡족한 표정으로 연신 술을 마시고 있다.

순간적으로 연보진은 진검룡 등이 자신을 농락하는 것일지도 모른다는 생각이 들었다.

자신이 단지 냄새만 맡고도 저절로 오만상이 찌푸려지는 술이 맛있을 리가 없기 때문이다.

탁!

결국 그녀는 지독한 냄새 때문에 술 마시는 것을 포기하고 술잔을 내려놓았다.

진검룡이 슬쩍 쳐다보며 지나가는 말처럼 물었다.

"안 마실 거요?"

연보진은 미간을 예쁘게 찡그렸다.

"냄새가 독해요."

여자는 아무리 나이를 먹어도 잘생긴 젊은 사내 앞에서는 교태를 부리는 법이다.

더구나 세 명의 천하절색 미녀를 거느린 사내 앞이라면 더욱 그렇다.

슥!

진검룡은 가타부타 말없이 연보진의 잔을 가져다가 자신이 단숨에 비웠다.

"크으……"

그는 맛있는 술을 마시고 난 후에 누구나 그러듯이 탄성을 흘리며 손등으로 입을 닦았다.

연보진이 마시려다가 포기한 술을 진검룡이 서슴없이 마시는 것으로 봐서는 술 한 잔을 갖고 그녀를 농락하는 것 같지 않았다.

그래서 연보진은 이대로 포기하고 싶지 않아서 다시 손을 내밀었다.

"한 잔 더 줘보세요."

"장난해요?"

청랑이 발끈하는 것을 본 진검룡이 술병을 들어 손수 그녀의 잔에 술을 부었다.

청랑은 원래 천하에 무서운 것이 없었는데, 기억을 잃은 후로는 진검룡과 민수림 말고는 옥황상제조차 무서워하지 않게 됐으니, 연보진을 두려워할 리가 없다.

진검룡은 연보진이 적이기는 하지만 일부러 으르렁거릴 필요는 없다고 생각했다.

까짓 술이야 몇 잔이라도 줄 수 있다.

분위기가 좋으면 좋은 결과를 기대할 수 있으므로 밑져야 본전이다.

이번에 연보진은 숨을 참으면서 냄새를 맡지 않고 술잔을 입으로 가져가 단숨에 마셔 버렸다.

그리고 나서는 잔을 내려놓으며 숨을 쉬다가 갑자기 독한 주향이 숨구멍으로 쏟아져 들어가자 화들짝 놀라서 격렬하게 기침을 해댔다.

"콜록! 콜록! 콜록!"

한동안 기침을 하고 난 그녀의 눈에는 눈물이 그렁그렁 고여 있었다.

"후아……!"

그녀는 숨을 길게 내쉬고 나서 환하게 웃었다.

"굉장히 독한 술이군요……!"

"독한 만큼 맛있지 않소?"

연보진은 고개를 끄떡이며 입맛을 다셨다.

"그런 것 같아요."

그녀는 숨을 한 번 쉬고 나서 잔을 내밀었다.

"한 잔 더 줄래요?"

진검룡이 묵묵히 술을 따르는 것을 동방창승은 굳은 얼굴로, 지광과 연운조는 담담한 얼굴로 지켜보았다.

연보진은 중문주 동방창승의 친모이고 우호법 연운조의 친 누나이니 보통 신분이 아니다.

그녀는 이들 네 명 중 최고 신분이라서 다들 조용히 지켜보고만 있다.

"크으……"

두 잔째 마시고 난 그녀는 처음처럼 난리를 피우지는 않고 단지 콧등을 찡그리며 주당 같은 소리를 토해냈다.

그러고 싶어서 그러는 게 아니라 술이 워낙 독해서 그런 소리가 저절로 나왔다.

그러고는 연보진이 이강주 술병을 가리키며 엄지손가락을 치켜세웠다.

"독하긴 한데 뒤끝이 강하고 깨끗하며 뒷골이 찌르르하게 당기는 것이 매우 좋군요. 이런 기분이나 맛은 처음이지만 최고예요. 세상에 이런 술이 있다니… 이 술 더 있나요?"

연보진은 원래 말수가 적은 편이지만 이강주를 마시고는 말이 많아졌다.

진검룡이 청랑을 쳐다보자 그녀는 바랑을 손으로 툭 치며 시큰둥하게 말했다.

"몇 병 더 있어요."

연보진은 미소 지으며 고개를 끄떡였다.

"나도 그 술을 마시고 싶어요. 무슨 술인가요?"

"이강주요."

진검룡으로서는 복건성과 강서성으로 간 당주들이 도착할 시간을 벌기 위해서 시간을 끌면 끌수록 좋다.

연보진이 곧장 본론으로 들어가지 않고 같이 술을 마셔준다면 바라던 바다.

세 잔째 이강주를 받아놓고 연보진은 새삼스러운 얼굴로 진검룡을 쳐다보았다.

"소협이 영웅문주인가요?"

"그렇소."

진검룡은 고개를 끄떡였다.

부옥령이 정색을 하고 나섰다.

"호칭을 조심해요. 이분은 소협이 아니에요."

"아……."

보통 소년고수와 청년고수를 소협이라고 칭하지만 진검룡은 항주 일대를 장악하고 있는 영웅문의 문주이므로 마땅히 대협이라고 불러야 한다.

연보진은 즉시 정정했다.

"미안해요. 다시 물을게요. 대협이 영웅문주인가요?"

진검룡은 조용하지만 의젓하게 고개를 끄떡였다.

"그렇소."

연보진은 영웅문주를 제압하고 영웅문을 괴멸시키거나 장악하러 온 사람답지 않았다.

진검룡 등은 보채지 않고 연보진 쪽에서 먼저 본론을 꺼내기를 느긋하게 기다렸다.

지광과 연운조는 느긋하게 술을 마시고 있는데 동방창승은 노골적으로 불쾌한 표정을 지으며 이따금 진검룡을 무섭게 쏘아보았다.

진검룡은 동방창승의 도발을 일부러 무시하고 모른 척했다. 상대할 가치가 없기 때문이다.

사실 이들 연보진 일행은 이곳으로 진검룡 등을 불러내지 말았어야 한다.

이들이 그렇게 한 이유는 진검룡 등이 자신들보다 훨씬 하수라고 예상했기 때문이다.

자신들보다 고수인데도 이런 식으로 불러내는 것은 미친 짓이나 다름이 없다.

이들은 자신들이 진검룡 일행을 충분히 요리할 수 있을 것이라고 착각을 하고 있다.

"이봐요."

이강주 다섯 잔을 마시고 나서야 연보진이 비로소 말문을 열었다.

"좋은 게 좋은 거 아닌가요?"

연보진이 진검룡을 보면서 말하기에 그는 대답하지 않고 가볍게 고개만 끄떡였다.

밑도 끝도 없이 불쑥 던진 말이지만 무슨 뜻인지 충분히 알아들었다.

　검황천문이 무엇을 원하는지 짐작하지만 진검룡으로서도
'좋은 게 좋은 거'라는 데에는 전적으로 찬성이다.

第九十章

대부인 연보진

연보진은 빈 잔을 만지작거렸다.

"영웅문에게 절강성을 맡기겠어요. 영웅문이 절강성에서 무엇을 하든 우린 일절 상관하지 않겠어요. 그 정도면 만족할 만하지 않은가요?"

그녀의 말에 동방창승이 움찔하고, 지광과 연운조는 가볍게 얼굴색이 변했다.

그로 미루어서 방금 연보진이 한 말은 사전에 거론된 적이 없었던 내용 같았다.

그렇지만 검황천문의 세 명은 제동을 걸지 않고 침묵으로 지켜보았다.

부옥령이 차분한 목소리로 반문했다.

"조건이 뭐죠?"

영웅문에게 항주도 아니고 절강성 전체를 맡기고 무엇을 하든 일절 상관하지 않겠다는 것은 거기에 걸맞는 큼직한 조건을 제시할 것이기 때문이다.

그렇지 않다면 검황천문이 수차례에 걸쳐서 영웅문을 괴멸시키려고 할 리가 없다.

연보진을 비롯한 네 명의 시선이 부옥령에게 집중됐다.

부옥령이 영웅문주 오른쪽에 앉아 있는 것으로 봐서 평범한 신분은 아닐 것 같았다.

"그대는 누군가요?"

나설 자격이 있는지를 묻는 것이다.

진검룡이 부옥령에게 힘을 실어주었다.

"이 사람은 본문의 좌호법이고 나를 대표하오."

'좌호법'이라는 말에 검황천문 사람들이 뜻밖이라는 표정을 지으며 새삼스럽게 부옥령을 살펴보았다.

천하절색 미모에 가냘픈 체구라서 지푸라기 한 가닥조차 꺾을 힘이 없게 보이는 것은 물론이고, 수줍어서 입도 벙긋하지 못할 것 같은 소녀가 영웅문의 좌호법이라니 모두의 얼굴에 놀라움이 떠올랐다.

동방창승이 내친김에 손가락으로 민수림을 가리켰다.

"그럼 이 여자는 누구요?"

청랑이 싸늘하게 일갈했다.

"어디다 감히 손가락질이냐? 꺾어버리기 전에 손가락을 거두지 못하겠느냐?"

느닷없는 청랑의 카랑카랑한 호통에 동방창승은 반사적으로 움찔했으나 손가락을 거두지는 않고 잡아먹을 듯한 얼굴로 그녀를 쏘아보았다.

손가락을 거두는 것은 왠지 눈앞의 별 볼 일 없는 놈들에게 패배하는 듯한 느낌이 들었다.

이번에는 부옥령이 나직한 목소리로 동방창승에게 주의를 주었다.

"거두라는 말 못 들었느냐? 손가락 부러지고 싶으냐?"

동방창승은 속에서 울컥했으나 부옥령의 싸늘한 눈빛을 접하는 순간 반사적으로 심장이 온통 얼어버리는 것을 느끼고 가슴이 서늘하게 식었다.

그는 감정적으로는 부옥령을 일장에 쳐 죽이고 싶지만 이성이 그러면 안 된다고 말렸다.

그가 봤을 때 부옥령은 아직 이십 세가 되지 않은 소녀에 불과한데도 기이하게 범접하기 어려운 어떤 알 수 없는 기운이 풍기고 있었다.

또한 동방창승은 뒤늦게 부옥령이 영웅문의 좌호법이라는 사실을 기억해 냈다.

그는 부옥령에게서 느낀 기도와 그녀가 영웅문의 좌호법이라는 사실 때문에 손가락을 거두었다.

그는 자존심이 매우 강하고 오만한 성격이지만 이런 상황에 쓸데없이 객기를 부릴 정도로 우매하지는 않다.

부옥령은 민수림을 두 손으로 공손히 가리키며 소개했다.

"이분은 본문의 태상문주이시다."

"어……."

움찔 놀란 동방창승이 이상한 소리를 냈을 뿐 다른 세 명은 담담한 얼굴로 민수림을 응시했다.

부옥령은 그들이 민수림을 뚫어지게 보는 것이 싫어서 조금 전에 멈춘 얘기로 화제를 바꿨다.

"조건이란 게 뭐죠?"

연보진이 고개를 끄떡이며 조용한 목소리로 말했다.

"첫째, 매월 금 십만 냥을 보낼 것, 둘째, 영웅문은 절강성 밖으로 세력을 넓히지 말 것, 셋째, 검황천문의 명령에 복종할 것, 세 가지예요."

"불가(不可)해요."

부옥령이 일언지하에 딱 잘라서 거절했다.

연보진은 흔들림 없는 표정으로 진검룡을 쳐다보았다.

"대협의 뜻인가요?"

진검룡은 빙그레 미소 지었다.

"그렇소."

그는 술잔을 들어 부옥령을 가리키며 빙그레 웃었다.

"다시 말하지만, 좌호법은 나를 대표하오."

부옥령은 검황천문 우두머리들을 만나서 어떻게 할 것인지 진검룡에게 사전에 대충 말을 들었으므로 자질구레한 것들은 자신의 재량으로 결정을 내렸다.

연보진은 미소를 잃지 않았다.

"방금 제시한 것은 우리가 해줄 수 있는 최대한이에요. 내가 생각한 거예요."

우호법 연운조가 진중하게 말했다.

"원래 우리가 제시할 조건은 그게 아니었소. 대부인께서 크게 자비를 베푸시는 것이오."

연보진이 미소 지으며 고개를 끄떡였다.

"맛있는 술을 얻어먹어서 보답을 하는 거예요."

부옥령은 진검룡과 민수림의 빈 잔에 술을 따르면서 그들을 쳐다보지도 않고 말했다.

"우린 그 어떤 조건도 받아들이지 않아요."

검황천문 사람들의 얼굴이 살짝 굳었다.

동방창승의 얼굴에 인내심이 한계에 가까워지고 있는 표정이 떠올랐다.

부옥령은 아랑곳하지 않고 도발을 계속했다.

"오히려 당신들에게 경고하러 왔어요."

이번에는 검황천문 사람들 모두의 얼굴에 어이없다는 표정이 떠올랐다.

동방창승이 어이없다는 표정을 지으면서 손가락으로 자신의 코를 가리켰다.

"경고? 우리에게 말이오?"

"그래."

조금 전에 손가락을 부러뜨리겠다고 을러댄 이후부터 부옥령은 동방창승에게 하대를 했다.

동방창승의 얼굴이 확 일그러졌다.

"너희들이 정녕 미쳤구나……!"

"가만히 있어라."

그가 일어서며 출수하려는 것을 연운조가 손을 뻗어 제지하고 나서 부옥령에게 조용히 말했다.

"무슨 경고요?"

"검황천문은 앞으로 두 번 다시 영웅문을 건드리지 말라는 경고예요."

"허어……"

부옥령이 설마 그런 말을 할 것이라고 예상하지 못했던 검황천문 사람들의 표정이 변했다.

하지만 겁을 먹거나 놀라는 것이 아니라 어이없다거나 가소롭다는 표정이다.

연운조가 조금 전과는 달리 약간 불쾌한 얼굴로 물었다.

"건드리면 어쩔 것이오?"

"누가 말인가요?"

동방창승이 결국 참지 못하고 제 가슴을 손바닥으로 두드리며 불쑥 나섰다.

"내가 건드린다면 어쩔 테냐?"

"흥! 건드려 봐라."

이백오십 년 공력에 달하는 동방창승은 부옥령뿐만 아니라 진검룡과 민수림, 청랑 어느 누구도 두렵지 않았다.

검황천문에 속해 있는 모든 고수들은 검천십이류로 등급을 나누는데 동방창승은 검천이류에 속한다.

검천삼류부터 검천일류까지는 상중하 세 등급으로 나누는데, 동방창승은 검천이류의 아래 하(下)급에 속한다.

공력 이백이십 년의 동방해룡이 검천삼류 상(上)급이었으므로 동방창승은 그보다 한 등급 고강한 것이다. 한 등급 차이면 매우 현격하다.

말이 검천이류의 하급이지 검황천문의 이백오십 년 공력 소유자라면 무림에서는 거의 상대가 없다.

"네 이년!"

그는 호통과 동시에 벼락같이 부옥령을 향해 오른손을 뻗으며 일장을 발출했다.

쉬이잉!

그는 화가 치밀어서 부옥령을 일장에 즉사시킬 작정이었기 때문에 이백오십 년 공력이 모조리 실린 쾌속하고도 강맹한 일장이 뿜어졌다.

연보진과 지광, 연운조는 동방창승이 발출하는 것을 아무도 제지하지 않았다.

오만방자한 부옥령이 죽거나 중상을 당해도 상관이 없다고 생각하기 때문이다.

그런데 네 걸음 정도 아주 짧은 거리에 있는 동방창승이 급습을 가했는데도 부옥령은 술잔을 입으로 가져가면서 더없이 느긋한 모습이다.

그래서 연보진 등은 그녀가 곧 처절한 비명을 지르며 머리가 터지거나 가슴이 찢어져서 날아갈 것이라고 믿어 의심하지 않았다.

그런데 그 순간 연보진 등은 부옥령이 마치 눈앞에서 앵앵거리는 귀찮은 날벌레라도 쫓는 것처럼 가볍게 슬쩍 손을 내젓는 것을 보았다.

그렇지만 설마 그 동작이 동방창승의 무지막지한 일장에 반격하는 것이라는 생각은 전혀 들지 않았다.

더구나 부옥령의 손놀림은 아무런 경력이나 경풍을 발출하지 않았고 음향도 없다.

꽝—!

"으악!"

그러나 다음 순간 고막을 찢을 듯한 짧고 강렬한 폭음과 함께 단말마의 처절한 비명이 터져 나왔다.

그러고는 연보진과 지광, 연운조의 눈앞에서 믿어지지 않는 광경이 벌어졌다.

동방창승이 찢어지는 비명을 터뜨리면서 뒤로 빨랫줄처럼 쏜살같이 날아가는 것이 아닌가.

연보진 등이 급히 쳐다보자 동방창승은 주루 이 층 실내를 가로질러 날아가서 벽에 막 부딪치려 하고 있다.

그때 연보진이 동방창승을 향해 재빨리 팔을 쭉 뻗으며 경기를 발출했다.

눈에 보이지는 않지만 그녀의 장심에서 거대하고도 빠른 무형지기가 폭포처럼 쏟아져 나가 허공섭물의 절기로 동방창승을 붙잡았다.

쏘아가던 동방창승은 벽과 불과 한 자를 남겨두고는 뚝 정지했다가 바닥에 묵직하게 떨어졌다.

쿵!

연보진은 동방창승이 벽에 부딪치는 것은 막을 수 있었지만 바닥에 살짝 내려놓는 것까지는 공력이 달렸다. 그러려면 반 갑자 정도의 공력이 더 필요했다.

연보진은 적잖이 놀라는 얼굴로 부옥령을 쳐다보는데, 지광과 연운조는 벌떡 퉁기듯이 일어나면서 부옥령에게 출수할 태세를 갖추었다.

그런데도 부옥령은 막 술을 마시고 빈 잔을 내려놓고 있으며 그들에겐 눈길도 주지 않았다.

어디 한번 공격하려면 해보라는 여유가 철철 흘러넘치는 행동이 아닐 수 없다.

그러나 지광과 연운조는 공격하지 않았다. 아니, 못 했다. 방금 전에 부옥령이 너무도 간단하게 동방창승을 날려 버린 광경을 떠올렸기 때문이다.

지광과 연운조는 공격하지 않는 대신에 부옥령을 뚫어지게 쏘아보면서 그녀에 대해서 뭔가 하나라도 알아내려는 듯 신경을 곤두세웠다.

연보진은 동방창승이 자신의 친아들이지만 죽었는지 살았는지 신경도 쓰지 않았다.

그거 하나만 봐도 그녀가 얼마나 냉정한 성격인지 충분히 짐작할 수 있다.

조금 전에 일어났던 일 때문에 연보진 등에게 한 가지 변화가 생겼다.

그것은 세 사람이 더 이상 여태까지처럼 느긋한 표정이 아니라는 사실이다.

세 사람은 부옥령이 어떤 수법을 전개했는지 자세히 보지는 못했지만, 그녀가 벌레를 쫓듯이 슬쩍 손을 흔드는 것을 분명히 보았다.

놀랍게도 부옥령이 취한 행동은 단지 그것뿐이었다. 그리고 그것이 동방창승이 발출한 일장을 와해시키는 것과 동시에 그를 빨랫줄처럼 날아가게 만들었다.

그거 하나만 보더라도 부옥령이 동방창승보다 한 수, 아니,

두어 수 위의 고수라는 사실을 짐작할 수 있다.

이들 세 사람 중에서 연보진이 제일 고강하고 그다음이 지광과 연운조인데 둘은 비슷하다.

지광과 연운조는 동방창승보다 한 수에서 한 수 반 정도 고강하고, 연보진의 정확한 실력은 알려져 있지 않다.

다만 그녀가 검천십이류의 검천일류 하(下)급에 속한다고만 어렴풋이 알고 있는 정도다.

검천일류는 검황천문 내에서 십여 명뿐이다. 연보진이 검황천문 내에서 실력으로 십 위 안에 든다는 뜻이다. 그러니 얼마나 고강할지 짐작이 가는 일이다.

이들은 조금 전에 부옥령이 손목을 슬쩍 뒤집어서 동방창승을 날려 보내는 것을 똑똑히 보았다.

그래서 지광과 연운조는 곰곰이 생각해 봐도 자신들의 무위는 그 정도까지는 아닐 것 같았다.

그 정도가 되려면 아무리 못해도 동방창승보다 서너 수 더 고강해야 한다는 생각이 들었다. 그만한 고수는 이 자리에 연보진 한 사람뿐이다.

연보진은 더 이상 술을 마시지 않았다. 술을 마실 마음의 여유가 없다.

독한 이강주를 열 잔 넘게 마시고 조금 취했었으나 동방창승이 날아가는 순간 술이 확 깨버렸다.

지금 이 순간 이들 세 명의 머릿속은 더할 수 없이 복잡했다. 이래서는 영웅문을 정리하는 것은 고사하고 자신들의 안위가 문제인 것이다.

부옥령이 차분한 목소리로 말했다.

"한 가지 제안을 할게요."

세 사람은 본능적으로 바짝 긴장했다.

"뭔가요?"

그렇게 묻는 연보진에게서는 조금 전까지의 느긋한 여유가 전혀 보이지 않았다.

부옥령은 상체를 꼿꼿하게 세우고 세 사람을 차분하게 바라보며 말했다.

"각서 한 장 쓰고 나서 병력을 이끌고 조용히 검황천문으로 돌아가세요."

"무슨 각서죠?"

연보진의 표정과 목소리가 점점 엄숙하게 변했다.

이들은 부옥령의 돌아가라는 말보다 '각서'라는 말에 더 신경을 곤두세웠다.

*　　　　　*　　　　　*

부옥령의 차분한 목소리가 실내를 자늑자늑 울렸다.

"지금 이 순간부터 검황천문이 절대 영웅문을 건드리지 않겠다는 각서예요."

"그런……."

연보진은 어이가 없어서 말을 잇지 못했다. 이대로 돌아갈 수는 있지만 그따위 각서를 쓰는 것은 말도 안 된다.

부옥령이 예리하게 물었다.

"쓰겠어요?"

"다른 방법은 없나요?"

"어떤 방법을 말하죠?"

연보진의 눈빛이 처음으로 차갑게 변했다.

"예를 들면 영웅문이 지금 이 순간부터 검황천문 휘하에 들어온다든지, 그런 방법 말이죠."

부옥령은 가볍게 코웃음을 쳤다.

"훗! 그런 일은 절대 없어요."

연보진의 표정이 더욱 싸늘해졌다.

"우린 각서 같은 건 쓰지 않을 거예요. 절대로,"

부옥령은 길고 가느다란 손마디를 꺾었다.

오도독…….

"그렇다면 무력을 사용할 수밖에 없군요."

부옥령은 진검룡과 민수림에게 공손히 말했다.

"두 분께선 제가 이곳을 처리할 동안 잠시만 밖에 나가 계시겠어요?"

진검룡이 미간을 좁혔다.

"꼭 그래야겠느냐?"

부옥령은 그의 팔을 두 팔로 잡고 살짝 가슴에 안으며 애교를 부렸다.

"시끄러울까 봐 그래요."

부옥령이 그런 행동을 하는 것은 민수림 쪽에서는 전혀 보이지 않았다.

"알았다."

진검룡은 민수림의 팔을 잡고 부축하듯이 일으켰다.

"일어납시다."

연보진 등은 부옥령의 실력을 이미 봤기에 결코 방심하지 않고 오히려 한시름 놓았다.

짐작하건대 진검룡과 민수림의 무위는 부옥령보다 고강하거나 비슷할 텐데 그들이 자리를 이탈한다는 것은 연보진 등에게 고마운 일이다.

그런데 진검룡과 민수림은 멀리 가지 않고 다섯 걸음 떨어진 곳의 탁자에 마주 보고 앉았다.

그러자 청랑이 이곳 탁자의 술과 술잔, 요리 따위를 그곳으로 옮겨주었다.

진검룡은 연보진을 비롯한 세 사람을 부옥령과 청랑에게 맡겨도 될 것이라고 짐작했다.

그가 보기에 부옥령은 연보진보다 훨씬 고강하기 때문에 만약 세 명이 합공을 한다고 해도 청랑이 합세하면 충분히 격퇴할 수 있을 것이라는 예상이다.

사실 연보진 귀에는 지광과 연운조의 전음이 지저귀는 참새처럼 시끄럽게 앵앵거리고 있는 중이다.

[대부인, 일단 물러나는 게 좋겠습니다. 영웅쌍신수(英雄雙神手)가 가세하면 물러날 수도 없을 겁니다.]

[승아 숨소리가 매우 약합니다. 저러다가 죽을지도 모릅니다, 누님. 지금은 일단 물러납시다.]

'영웅쌍신수'란 전광신수와 철옥신수가 영웅문의 문주와 태상문주라서 붙여진 새로운 별호다. 주로 검황천문 쪽에서 그렇게 부르고 있다.

연보진은 저만치 벽 아래 쓰러져 있는 동방창승을 힐끗 쳐다보았다.

동방창승은 죽은 것처럼 쓰러진 채 꼼짝도 하지 않아서 그녀의 가슴을 답답하게 했다.

그녀는 재빨리 상황을 정리해 보고는 지광과 연운조의 말이 옳다는 결론을 내렸다.

냉정히 계산해 봤을 때 그녀 혼자서 부옥령을 상대한다고 해도 지광과 연운조가 영웅쌍신수와 또 한 명의 여자를 상대하는 것은 불가능한 일이라는 판단이다.

[알았다. 철수하자.]

연보진은 착 가라앉은 목소리로 전음을 보내고는 천천히 탁자 앞으로 걸어 나왔다.

지광과 연운조가 즉시 그녀의 뒤를 따라서 걸어 나가는데 청랑이 세 사람 앞을 가로막았다.

척!

"어딜 가느냐?"

진검룡과 부옥령쯤 되니까 예의 차원에서 검황천문 사람들에게 존대를 해주는 것이지, 청랑에게까지 그런 걸 기대하는 것은 무리다.

연운조가 착잡하게 중얼거리듯이 말했다.

"오늘은 이대로 물러가겠소."

"각서를 쓰고 가라."

청랑은 바늘로 찔러도 피 한 방울 나오지 않을 것 같은 냉랭한 목소리로 말했다.

"네가 감히……!"

연운조가 위협하듯이 손을 쳐들면서 청랑을 쏘아보았다.

그 순간 청랑이 벼락같이 연운조에게 우수를 뻗으며 냉랭하게 일갈했다.

"감히 뭐!"

비유웃!

연운조는 순간적으로 청랑이 공격한다는 것이라고 생각했지만 눈앞에서 흐릿한 손그림자 즉, 장영(掌影)이 번뜩이는 것만 겨우 봤을 뿐이다.

우드득! 뿌가가각!

"흐악!"

연운조는 청랑을 너무 과소평가했다. 아니, 그는 청랑을 아예 신경 쓰지도 않았다.

그래서 그녀의 세 걸음 앞에서도 태연할 수가 있었고 그 대가를 톡톡하게 치렀다.

방금 청랑이 전개한 수법은 청성파의 대라벽산 제육초식인 회린산수(廻麟散手)이며 민수림이 전수해 주었고, 청랑은 십 성까지 연마했다.

회린산수는 금나수법으로 상대의 몸을 비틀어서 훑는 수법인데, 방금 청랑은 허공을 격하여 무형강기를 발출하여 회린산수를 발출한 것이다.

청랑은 임독양맥이 소통되어 무려 삼백육십 년 공력이 됐으므로 연운조 같은 것은 상대조차 되지 않는다.

청랑이 발출한 무형강기는 연운조의 가슴을 파고 들어갔다가 갈비뼈들을 부러뜨리면서 위로 모조리 훑었고, 그것으로도 모자라서 어깨의 쇄골을 끊고 턱을 바수어 버렸다.

연운조는 허공으로 둥실 떠올랐다가 화살에 꽂힌 멧돼지처럼 바닥을 울리면서 묵직하게 떨어졌다.

쿵!

그는 눈을 부릅뜨고 온몸을 부들부들 떨면서 입에서는 검붉은 피를 꾸역꾸역 토해냈다.

마치 날카로운 쇠갈퀴가 쓸고 지나간 것처럼 그의 가슴에서 턱까지 피투성이 고랑이 깊이 파였다.

지광은 바로 앞에 있던 연운조가 당하자 눈이 확 돌아가며 전력을 다해 청랑에게 쌍장을 발출했다.

그런데 바로 그때 연보진이 지광 옆으로 미끄러지듯이 쏘아 나오면서 짧게 외쳤다.

"비켜라!"

그리고 어느새 그녀는 청랑을 향해 두 손목 안쪽을 붙여 쌍장을 뿜어내고 있다.

큐우웅!

그런데 은은한 금광과 핏빛의 혈광이 반씩 섞여 있는 빛살이 번쩍 뿜어졌다.

그 순간 민수림이 급히 외쳤다.

"랑아! 피해라!"

그러나 피하기는 이미 늦었다.

연보진이 쏘아오면서 쌍장을 발출했으므로 그 자리에 서 있는 상태였던 청랑으로서는 지금 몸을 날린다고 해도 피하는 것은 불가능하다.

그렇다면 방법은 하나뿐, 반격이다.

청랑은 심상치 않음을 감지하고 전력으로 연보진이 발출한 일장을 마주쳐 나갔다.

"안 돼!"

민수림이 급히 외쳤지만 때는 이미 늦었다.

꽈드등!

"악!"

"흐윽!"

두 마디 비명이 터져 나왔다. 하나는 날카롭고 다른 하나는 답답한 신음에 가까웠다.

스퍼퍼퍽!

"아악!"

그런데 바로 그때 비틀거리던 청랑의 어깨와 등으로 세 개의 핏줄기가 뿜어졌다.

청랑은 첫 번째보다 더 처절한 비명을 터뜨리고는 뒤로 스르르 쓰러졌다.

쿵!

묵직한 신음을 흘렸던 연보진은 뒤로 다섯 걸음이나 물러났으며 입에서 검붉은 피를 흘리고 있다.

진검룡이 급히 청랑에게 달려가서 그 옆에 앉아 걱정스럽게 불렀다.

"랑아……!"

"주인님… 저 너무 아파요……."

입에서도 꾸역꾸역 피를 흘리고 있는 청랑은 눈이 거의 감겨서 희미하게 중얼거렸다.

진검룡이 보고 있는 동안에 그녀의 얼굴색이 빠르게 새하얗게 탈색되고 있다.

똑바로 누워 있는 청랑의 가슴과 어깨에 세 개의 핏구멍이 있는데, 그것이 아마 등 뒤로 뚫고 나온 모양이다.

"이게 도대체……."

진검룡이 익히 알고 있는 장력과 장력의 격돌은 흔히 팔이 부러지거나 묵직한 내상을 입거나 내장이 파열되는 등의 간접적인 충격을 받는다.

그런데 청랑은 마치 검에 관통된 것 같은 예리한 상처를 입지 않았는가.

그것도 세 곳이나 말이다. 어떻게 그럴 수 있는 것인지 금세 이해가 되지 않았다.

"주인… 님… 저… 죽… 나… 요… 살려… 주… 세… 요……."

청랑은 더듬거리다가 정신을 잃었다.

진검룡이 청랑의 맥을 짚어보고 있는 동안에도 그녀의 몸 앞쪽과 뒤쪽 여섯 개의 구멍에서 피가 샘물처럼 콸콸 뿜어져 나오고 있었다.

그래서 그는 진맥하는 것을 뒤로 미루고 우선 상처부터 지혈하기로 했다.

저런 식으로 피가 뿜어지다가는 오래지 않아서 과다 출혈로 죽고 말 것이다.

원래 내상은 내상 부위에 손바닥을 밀착시키고 순정기를 주입하면 되지만 이렇게 상처가 났을 때는 상처에 손바닥을 밀착시키고 순정기로 지혈을 해야 한다. 그것은 마치 뜨거운 인두로 지지는 것 같은 효과를 낸다.

찌익!

그는 청랑의 앞섶을 찢어서 가슴을 활짝 열고 상처 부위에 손바닥을 덮었다.

얼마나 피가 세차게 많이 흐르면 손가락 사이로 피가 쿨럭거리면서 스며 나왔다.

그는 서둘러 순정기를 주입하여 상처를 지혈시켰다.

"……?"

그런데 어찌 된 일인지 열 호흡 정도가 지났는데도 상처가 지혈되지 않았다.

그가 순정기로 상처를 한두 번 지혈해 본 것이 아닌데 지혈이 되지 않다니 이상한 일이다.

그때 민수림의 전음이 들렸다.

[검룡, 상처 하나에 손바닥을 힘껏 밀착시키고 순정기를 집중적으로 주입해요.]

진검룡이 쳐다보자 민수림은 주저앉아 있는 연보진과 그녀를 보살피는 지광을 주시하고 있다.

진검룡은 언제나 그랬던 것처럼 민수림의 말이라면 일절 의문을 품지 않고 즉각 실행한다.

그는 청랑의 왼쪽 젖가슴 윗부분 풍만한 융기 부위에 엄지손톱 크기로 구멍이 뻥 뚫린 곳에 손바닥을 밀착시키고 지그시 누르며 순정기를 파도처럼 주입했다.

털썩!

"음······."

부들부들 온몸을 떨던 연보진은 그 자리에 주저앉았다. 그녀의 안색은 백지장처럼 창백했다.

지광은 감히 대부인을 만지지 못하고 초조하게 물었다.

"대부인, 내상을 입으셨습니까?"

"음··· 믿을 수가 없다. 저따위 어린 계집에게 내가······."

그녀는 가볍지 않은 내상을 입었지만 그보다도 청랑이 자신과 거의 맞먹는 수준이라는 사실 때문에 놀라서 내상의 고통을 느끼지 못했다.

하는 행동으로 봐서 저 청랑이라는 계집은 영웅문주의 여종인 것 같은데, 여종이 저 정도 엄청난 고수라니 도저히 믿어지지 않는 일이다.

'각서를 써야 하는 것인가······?'

연보진은 가슴이 바윗덩이처럼 답답해졌다.

열흘 전 남경 검황천문에 머물고 있던 그녀는 둘째 아들 동방창승과 남동생 연운조를 영웅문으로 보내놓고서 조금 걱정이 돼서 부랴부랴 뒤따라왔었다.

그때 그녀의 생각은 이랬다.

태문주가 골치 아프게 여기는 영웅문을 자신이 깨끗하게 정리하고 검황천문으로 돌아가면 태문주가 크게 칭찬을 하고 상을 내릴 것이다.

그러면 그 기세를 등에 업고서 문파 내의 실권을 되찾아야 겠다는 것이었다.

　동방창승과 연운조가 해결해도 되는데 그녀가 굳이 뒤따라온 이유는 개선장군 효과를 노리기 위해서였다.

　그런데 지금은 동방창승과 연운조가 죽었거나 중상을 당한 상태이고, 그녀 자신도 가볍지 않은 내상을 입었으므로 영웅문을 깨끗이 정리하는 일은 강 건너 가버리고 말았다.

　이제는 그녀 자신이 살기 위해서라도 각서를 써주고 여길 벗어나는 수밖에 없게 됐다.

　그런데 문득 그녀의 뇌리를 스치는 생각이 있다. 각서를 써주고서도 여길 빠져나가지 못할지도 모른다는 사실이다. 각서를 쓰고 가라는 것은 조금 전의 일이지, 지금은 그때와는 상황이 크게 달라진 것이다.

第九十一章

금혈마황(金血魔皇)

　그때 부옥령이 얼음처럼 차갑게 굳은 얼굴로 연보진에게 천천히 걸어갔다.

　걸어가고 있는 부옥령 뒤에서 민수림의 중얼거리는 목소리가 들렸다.

　"금혈신강(金血神罡)이라니……."

　부옥령은 걸음을 멈추고 민수림을 돌아보았다.

　무림의 금기 절학인 금혈신강을 민수림이 알아봐서 그녀가 혹시 기억이 돌아온 것이 아닌가 싶었다.

　그때 부옥령은 뒤쪽에서 강력한 살기와 강기가 쏘아오는 것을 감지했으며 동시에 민수림의 전음이 전해졌다.

[좌호법, 암습이다.]

부옥령은 지광이 암습하는 것이라고 직감했다. 연보진은 주저앉아 있으므로 암습할 상태가 아니다.

지광 정도는 부옥령이 반격하지 않고 가만히 서 있어도 호신강기에 의해서 그의 공격이 오히려 튕겨져 반탄력이 돼서 크게 내상을 입게 될 것이다.

그러나 부옥령은 그런 자비를 베풀 마음이 없다. 이런 놈들은 아예 작살을 내버리는 게 좋다.

그녀는 뒤를 향해 손을 뻗어 슬쩍 강기를 뿜어내면서 몸을 빙글 돌렸다.

지광은 연보진을 돌보는 체하면서 부옥령을 암습할 기회를 노리고 있다가 기회가 포착되자 망설이지 않고 그 즉시 전력일장을 발출한 것이다.

그래 봐야 여우가 호랑이를 몰래 공격하는 격이다.

부옥령이 강기를 발출하자 지광은 움찔 놀라서 마지막 최후의 한 움큼까지 장력에 쏟아부었다.

쩌겅!

"우왁!"

고막이 찢어질 것 같은 굉음과 함께 지광의 처절한 비명성이 터졌다.

콰자작!

부옥령이 몸을 돌렸을 때 지광은 저만치 맞은편 벽을 뚫고 밖으로 날아가고 있었다.

바닥에 퍼질러 앉아 있는 연보진은 맞은편 벽에 커다랗게 뚫어진 구멍을 착잡한 얼굴로 바라보았다.

지광은 연보진이 말릴 새도 없이 부옥령을 급습했다가 자멸하고 말았다.

만약에 지광이 부옥령을 암습하려는 낌새를 연보진이 알아차렸다면 무조건 말렸을 것이다.

이제 남은 사람은 연보진뿐이다. 동방창승이나 연운조는 죽었는지 꼼짝도 하지 않는다.

부옥령은 천천히 걸어서 연보진 앞에 멈추고 가라앉은 목소리로 말했다.

"이제는 당신이 내놓을 패가 하나도 없군요."

부옥령의 말은, 연보진이 다시는 영웅문을 괴롭히지 않겠다는 각서를 써주고 고수들을 이끌고 돌아가는 일조차 허락하지 않겠다는 뜻이다.

연보진은 암암리에 운공을 하고 있었는데 가볍지 않은 내상을 입은 탓에 원래 공력의 칠 성 정도만 남아 있는 상태다.

원래 공력으로도 이들을 상대하지 못했는데 칠 성 남은 공력으로 대체 무엇을 할 수 있겠는가.

주루 밖에는 검황천문의 최강 수준 고수 백여 명이 매복해 있었다.

그런데 아까 비명 소리가 어지럽게 들리더니 이제는 조용해진 것으로 미루어 아무래도 그들은 전멸한 것 같다.

이곳에서 멀지 않은 곳에 검황천문 고수 삼천사백여 명이 명령을 기다리고 있지만, 그들에게 공격하라고 명령을 내리려면 연보진이 이곳에서 살아 나가야 하는데 그게 가능할 것 같지 않았다.

연보진은 바닥에 책상다리로 앉은 채 부옥령을 올려다보면서 말했다.

"내가 어떻게 하면 되나요?"

부옥령은 화제를 바꿨다.

"당신은 금혈신강을 누구에게 배웠나요?"

무림에는 절대로 터득하거나 실전에 사용해서는 안 되는 금지된 절학이 일곱 개 있으며 그것을 무림칠금공(武林七禁功)이라고 한다.

그 이유는 무림칠금공이 정정당당한 무공의 범위를 벗어나는 것이기 때문이다.

연보진은 피곤한 듯한 표정으로 눈을 깜빡거리면서 부옥령을 바라보다가 대답했다.

"사부님께 배웠어요."

"당신 사부가 누구죠?"

연보진이 입술을 잘근잘근 깨물면서 대답하지 않는 것을 보고 부옥령은 뭔가 짚이는 게 있다.

"혹시 금혈마황(金血魔皇)인가요?"

연보진이 움찔하는 걸 보고 부옥령은 그녀의 사부가 금혈마황이 맞다고 확신했다.

무림에 금혈신강이라는 거의 무적에 가까운 강기를 최초로 선보였던 인물이 금혈마황이었다.

금혈신강은 두 가지 각기 다른 성질의 장력을 동시에 발출하는 수법이다.

금혈신강을 발출하면 금빛과 핏빛이 절반씩 섞인 장력이 뿜어진다.

묵직한 금빛은 상대의 장력과 충돌하는 역할을 하고 창처럼 예리한 핏빛은 장력들이 격돌할 때 상대의 장력을 뚫고 들어가서 상대의 몸통에 적중하는 역할을 한다.

금혈마황은 무림에 출도한 이후 단 한 번도 패하지 않았으며, 그가 상대했던 상대들은 모두 죽었거나 폐인이 되어 이승과 무림을 떠났다.

그렇게 몇 년의 세월이 흐르면서 금혈마황은 점점 무적이되어갔다.

도검을 사용하는 고수든 장법을 구사하는 고수든 어느 누구라도 금혈마황과 싸우면 필패(必敗)했다.

무림에서는 금혈마황이 사용하는 강기를 금혈신강 혹은 금혈마강(金血魔罡)이라고 불렀다.

악마의 수법이라서 '마(魔)' 자를 넣은 것이고 그래서 그의 별호도 마황이다.

금혈마황이 십여 년 동안 무림을 휘젓고 다니면서 죽인 고수의 수가 무려 천여 명에 달했다.

그러자 그때까지 침묵하면서 지켜보고 있던 무림의 기둥 구파일방에서 나섰다. 금혈마황의 폭주를 더 이상 두고 볼 수 없었기 때문이다.

구파일방이 숙의한 끝에 금혈마황을 무림의 공적(公敵)으로 규정했다.

이유는 한 가지, 금혈마황의 성명무공인 금혈신강이 마공(魔功)이라고 단정한 것이다.

무공의 근본적인 목적은 살상이 아니라 심신의 수양이어야 한다. 그런데 금혈신강은 오로지 살상을 위해서만 만들어진 무공이라는 것이다.

무공은 공력과 기술의 대결이다. 공력이 밑바탕이 되어 무학이라는 기술 즉, 재주를 발휘하는 것이다.

그런데 금혈신강은 오로지 상대를 죽이거나 폐인으로 만드는 살상이 목적인 무공, 아니, 마공이다.

금혈마황이 십여 년 동안 천하를 돌아다니면서 천여 명이나 죽인 것이 좋은 예다.

금혈마황이 무림공적이 되면서 그의 성명무공인 금혈신강은 무림의 금지 무공 즉, 무림금공이 되어 무림칠금공에 포함되었다.

그때까지 무림금공은 여섯 개 무림육금공이었으나 금혈신

강이 포함되면서 무림칠금공이 된 것이다.

그런데 무림공적인 금혈마황이 연보진의 사부라고 한다.

금혈마황은 일 갑자 육십 년 전의 인물이며, 그 당시에 구파 일방과 정파 고수들의 연합공격으로 죽음을 당한 것으로 알려졌는데, 어떻게 연보진의 사부가 될 수 있었던 것인지 알 수 없는 일이다.

설사 금혈마황이 그 당시에 죽지 않고 기적적으로 살아났다고 해도 현재 사십 대인 연보진이 그의 제자가 될 확률은 거의 없다.

부옥령은 조금 놀라는 표정으로 물었다.

"당신이 정말 금혈마황의 제자라는 건가요?"

연보진은 고집스럽게 입을 앙다문 채 대답하지 않았지만, 그녀의 침묵은 긍정을 뜻했다.

"그가 아직 살아 있나요?"

부옥령은 그렇게 물으면서 금혈마황이 아직까지 살아 있으면 백 세가 훨씬 넘었을 것이라는 생각이 들었다.

연보진은 여전히 대답을 하지 않았고, 부옥령은 그녀의 표정에서 금혈마황이 살아 있음을 감지하고 내심으로 놀라움을 금하지 못했다.

"그렇다면 당신 남편도 금혈마황의 제자인가요?"

"아니에요."

연보진이 이번 물음에는 대답을 했다. 그녀는 긍정일 때는 침묵하고 부정할 때에는 대답을 하는 것 같았다.

하긴 우내십절 중 한 명이며 남천의 절대자인 검황천문 태문주 절대검황(絶代劍皇) 동방장천이 금혈마황의 제자라는 건 모양새가 이상하다.

우내십절이면 당금 무림의 최고봉이다. 그리고 동방장천이 금혈신강을 사용했다는 소문은 없었다.

부옥령은 전혀 위협적이지 않게 부드럽게 말했다.

"어쨌든 당신은 못 가요."

연보진은 흠칫했다.

"날 죽일 건가요?"

"죽고 싶은가요?"

연보진 얼굴에 애잔함이 떠올랐다.

"살고 싶다고 말하면 살려줄 건가요?"

무림인이라면 어느 누구라도 이런 상황에 처하면 생사를 도외시하게 된다.

아들과 남동생이 죽었는지 살았는지 모르는 상황이고 내상을 입은 자신 앞에 자신을 훨씬 능가하는 초절고수가 서 있는 상황이라면 살아날 확률은 바늘구멍처럼 좁아진다. 그래도 살기를 바란다면 구차해진다.

그런데도 불구하고 연보진은 삶의 끈을 놓지 않고 있다. 구차하게 행동해서라도 살고 싶기 때문이다.

부옥령의 귀에 진검룡의 전음이 전해졌다.

[령아, 그녀를 제압해 둬라.]

말이 떨어지기 무섭게 부옥령의 몸에서 몇 줄기 무형지기가 발출되었다.

기척도 모양도 일절 갖추지 않았기에 연보진으로서는 가만히 앉아 있다가 당할 수밖에 없다.

파파팍!

"음……."

연보진은 부옥령의 특수한 점혈수법에 의해서 마혈만 제압되어 미약한 신음을 토했다.

그녀는 부옥령이 두 손을 가느다란 허리에 얹고 있는 자세에서 추호의 기척도 없이 무형지기를 발출하여 자신을 제압한 것을 보고는 더욱 위축됐다.

그녀는 이곳에서 도저히 믿어지지 않는 일들을 겪었지만 하나에서 열까지 자신의 눈으로 똑똑히 목격했으므로 믿지 않을 수가 없는 상황이다.

연보진의 공력은 무려 삼백오십 년이다. 그 정도 엄청난 공력을 지닌 초극고수는 광활한 천하를 샅샅이 뒤져봐도 백여 명 안팎일 것이다.

검황천문에서 그녀보다 고강한 인물이 고작 다섯 명뿐인 걸 보면 그녀가 어느 정도인지 짐작할 수 있을 것이다.

그런 엄청난 연보진이 눈앞에 서 있는 기껏 십팔구 세로 보이는 어린 계집아이에게 제대로 싸워보지도 못하고 속절없이 당하고 말았다.

그래서 연보진이 내린 결론은 하나다. 눈에 보이는 것이 전부가 아닐 것이라는 추측이다.

머리카락이 다 빠지도록 궁리를 해봐도 이제 겨우 십 대 후반의 소녀가 삼백오십 년 공력의 연보진을 어린아이 다루듯이 할 수는 없는 노릇이다.

그렇다면 눈앞의 소녀는 아무리 못해도 최소한 초범입성(超凡入聖) 즉, 화경(化境)에 올랐거나 반로환동의 경지에 이른 것이 틀림없다.

그러지 않고서는 삼백오십 년 공력의 연보진을 비롯하여 동방창승과 연운조를 그처럼 손쉽게 처리할 리가 없다.

그러니까 눈앞의 이 소녀는 나이가 최소한 일 갑자 반 구십 년은 넘은 것이 분명하다.

그런 추측을 하고 있기 때문에 연보진이 부옥령에게 깍듯하게 대하고 있는 것이다.

나이로 보나 무공으로 보나 부옥령이 자신보다 월등하다고 생각하는 것이다.

연보진은 착잡한 표정으로 눈동자를 굴려 부옥령을 쳐다보면서 물었다.

"나를 어떻게 할 건가요?"

부옥령은 혼자 결정할 수가 없어서 진검룡을 돌아보았다.

진검룡은 청랑의 등 쪽 마지막 여섯 번째 상처 지혈을 막

끝내고 있었다.

[주인님.]

[본문으로 데려가자. 아혈도 제압해라.]

진검룡은 막간산 기슭에 진을 치고 있는 검황천문 고수들은 최고 우두머리들이 없으면 영웅문을 공격하지 못할 것이라고 짐작했다.

부옥령이 연보진의 아혈을 제압하고 있을 때 진검룡은 계단 쪽을 쳐다보았다.

그곳에 있는 옥소를 비롯한 영웅호위대 부대주 다섯 명과 동방해룡은 이 층에 있던 검황천문 청룡전 청룡고수들을 이미 다 제압해 놓았다.

진검룡이 이쪽을 쳐다보자 옥소가 공손히 보고했다.

"주루 주위에 매복해 있던 검황천문 청룡전 청룡고수 백여 명을 모두 죽였습니다."

마혈과 아혈이 제압된 연보진의 표정이 착잡하게 변했다. 예상은 했지만 청룡고수 백 명이 그처럼 간단하게 떼죽음을 당할 줄은 몰랐었다.

진검룡이 고개를 끄떡이자 옥소의 보고가 이어졌다.

"충혈당주가 복건성 신해문 고수들을, 강서성으로 간 연검당주가 조양문 고수들을 규합하여 조금 전에 이곳에 도착했다고 합니다."

청랑의 여섯 군데 상처 모두 지혈을 끝낸 진검룡은 그녀의 가슴 한복판에 손바닥을 밀착시키고 순정기를 파도처럼 주입하면서 옥소의 보고를 들었다.

"보고에 의하면 충혈당주와 연검당주는 복건성과 강서성에서 신해문과 조양문 이외의 방파와 문파 열두 곳을 설득하여 그들 방, 문파의 고수들을 이끌고 왔다고 합니다."

진검룡은 흐뭇하게 미소 지으며 고개를 끄떡였다.

"잘됐군."

연보진은 검황천문 일에는 거의 관심이 없다. 그녀의 관심사는 오로지 무공연마뿐이다.

그래서 방금 옥소가 말한 복건성 신해문이나 강서성 조양문이 검황천문과 어떤 관계인지 아예 모르고 있다.

*　　　　*　　　　*

진검룡이 치료를 해주어서 청랑은 거뜬히 일어났다.

진검룡은 어쨌든 검황천문의 삼천사백여 고수들과 싸우지 않는 쪽으로 가닥을 잡았다.

원래는 절강성의 모든 방파와 문파들, 그리고 복건성의 신해문과 강서성의 조양문 등을 규합해서 막간산 기슭에 있는 검황천문 고수들과 한판 싸움을 벌이려고 했었다.

절강성 전역의 방파와 문파 사십이 곳에서 모인 고수와 무사의 수가 사천오백여 명이다.

그리고 복건성 신해문과 강서성 조양문을 비롯한 십이 방파와 문파에서 천오백여 명을 보내주었다.

영웅문에서 당장 싸움에 참가할 수 있는 고수의 수는 천오백여 명이다.

그러므로 모두 합하면 칠천오백여 명이 된다.

수적으로는 영웅문의 연합세력이 검황천문 삼천오백여 명을 압도하고도 남는다.

그러나 정작 싸움이 붙으면 영웅문의 칠천오백여 명이 검황천문 삼천오백여 명에게 전멸당하고 말 것이다.

상대는 검황천문 일각의 사천각과 십이부의 낙성부, 천의부, 뇌도부 최정예고수들이다.

주루 근처에 매복해 있던 청룡전 백여 명이 죽었다고 해서 전력에 큰 손실은 없다.

진짜 전투에 능한 자들은 십이부 중 삼부인 낙성부와 천의부, 뇌도부이며 일당백의 막강한 고수들이다.

진검룡 쪽이 기대하는 것은 그와 민수림, 부옥령, 청랑, 영웅호위대, 그리고 외문십이당의 당주들이다.

그들은 진검룡과 민수림이 임독양맥을 소통시켜 주었으므로 검황천문 최정예라고 해도 오합지졸일 뿐이다.

진검룡과 민수림을 비롯한 이십오 명은 그야말로 천하 최강이라고 할 수 있다.

그들이 적 선두의 한가운데를 뚫어서 흩어지게 만들고, 겹겹이 포위하고 있는 영웅문 고수들이 흩어지는 적들을 한 명에 여러 명씩 달라붙어서 협공을 가한다면 충분히 승리할 수 있는 싸움이다.

다시 말하지만, 진검룡과 민수림을 비롯한 이십오 명은 그냥 최강이 아닌 천하무적 최강이다.

그런데 조금 전에 민수림이 진검룡에게 지나가는 말처럼 했던 한마디가 그의 마음을 움직였다.

"어느 쪽이든지 생명은 소중하지 않겠어요?"

진검룡도 생명의 소중함이야 익히 잘 알고 있지만 적의 생명까지 소중한지에 대해서는 생각해 본 적이 없다.

그런데 무심히 던진 민수림의 그 말이 진검룡으로 하여금 많은 생각을 하게 만들었다.

그는 영웅문을 개파하면서 모든 사람들을 외부인으로 받아들여서 채웠다.

그에게 속한 사람은 민수림과 가족뿐, 영웅문을 이룬 사람들은 전부 외부인들이다.

그리고 그들 중 대다수가 얼마 전까지만 해도 그를 죽이려고 했던 적들이었다.

십엽루주 현수란과 연검문주 태동화가 그에게 호감을 갖고 있었지만 다른 사람들은 죄다 여차하면 그를 죽이려고 했던 적들이었다.

이후에는 이런저런 이유로 사파의 거두 훈용강을 위시해서 검황천문 사람들을 하나둘씩 영웅문으로 영입하여 오늘에 이르고 있다.

어제의 적이 진검룡의 휘하에 들어와서 생사를 같이하는 동료가 된 것이다.

그러므로 조금 전에 민수림이 진검룡에게 해준 말은 영원한 적이 없음을 간접적으로 일깨워 준 것이다.

검황천문 삼천사백여 명을 죽이고 영웅문이 승리한다고 해도 막대한 피해가 예상된다.

진검룡을 비롯한 막강 최정에 이십오 명이 아무리 열심히 싸운다고 해도 이쪽 칠천오백여 명 중에서 최소한 절반 이상은 죽을 것이다.

칠천오백의 절반이면 삼천칠백오십이다. 말이 삼천칠백오십이지 실로 엄청난 수다.

영웅문을 지키기 위해서 최소 삼천칠백오십여 명이 이승을 하직해야만 한다는 얘기다.

그런데 그 삼천칠백오십여 명이 하늘에서 뚝 떨어진 외톨이가 아니라 다들 가족이 있을 것이다.

그들은 대부분 한 가정의 가장으로 남편과 아버지, 아들 노릇을 하고 있었을 터이다.

가장의 죽음은 그들 가족에게 청천하늘에 날벼락이 떨어지는 큰 충격일 것이다.

가족들은 죽을 때까지 남편이며 아버지이고 자식의 죽음을 가슴에 묻은 채 잊지 못할 터이다.

"싸우지 않아야 하겠군."

진검룡이 나직이 중얼거리자 민수림은 보일 듯 말 듯 한 미소를 지었다.

여전히 주루 이 층 탁자 주위에 앉아 있는 진검룡 일행은 그의 최종 결정을 기다리고 있는 중이다.

옆에 앉은 부옥령이 의아한 표정을 지었다.

"싸우지 않고 이기는 방법이 있나요?"

진검룡은 한쪽 바닥에 책상다리 자세로 앉혀져 있는 연보진을 쳐다보았다.

"저 여자를 데려와라."

청랑이 연보진을 데리러 갈 때 계단으로 한 여자가 올라왔는데 다름 아닌 은조다.

진검룡은 자신을 향해 걸어오는 은조를 보며 의아한 얼굴로 물었다.

"조야, 네가 어쩐 일이냐?"

십엽당주인 현수란 대신 은조가 십엽루 내부 일을 보고 있었기 때문이다.

은조는 포권을 하고 허리를 굽혀 예를 취했다.

"주군을 뵈어요."

그녀는 허리를 펴고 나서 방그레 미소 지었다.

"십엽루는 다른 사람에게 맡겼어요."

"수란이냐?"

현수란은 영웅문에 있거나 진검룡을 따라다니고 싶어서 안 달이 났기 때문에 은조에게 십엽루를 떠맡겼다.

그런데 은조가 여기에 온 것을 보면 현수란이 십엽루에 있다는 얘긴데 절대 그럴 리가 없다.

은조는 쭈뼛거리면서 겨우 해야 할 말을 의기양양하게 말했다.

"인아에게 맡겼어요. 손나인(孫娜仁)이요."

쭈뼛거리는 것은 은조 성격이 아니다. 혼나든 말든 그녀는 언제나 당당하다.

진검룡은 어이없는 표정을 지었다.

"인아는 본문 총무원의 총관이 아니냐?"

유려가 영웅문 살림과 상단을 담당하는 총무원 총무장으로 승급하면서 그녀의 최측근이며 문리 즉, 집사였던 손나인이 총관으로 승급했었다.

은조는 혀를 쏙 내밀었다.

"려 언니에게 부탁했더니 잠시 동안이라면 인이에게 십엽루를 맡겨도 된다고 해서요."

분명히 은조가 총무장 유려에게 떼를 썼을 것이지만 진검룡은 모른 체했다.

진검룡은 의아한 표정을 지었다.

"인아는 너보다 나이가 많지 않느냐?"

"네, 이십오 세예요."

"그러면 네 언니잖느냐?"

"그닥 친하지 않아서요!"

진검룡은 고개를 모로 꼬았다.

"친하지 않은 사람에게 십엽루를 맡겼다는 게냐?"

은조는 너털웃음을 웃었다.

"하하하! 그 정도 부탁을 해도 될 만큼 친해요!"

은조는 자신이 진검룡보다 두 살이 많다고 누나가 돼야 한다면서 끝까지 친구가 되기를 거부했던 적이 있었다.

나이에 대해서 그처럼 철저한 그녀가 손나인이 자신보다 세 살이나 많은데도 언니라고 부르지 않는 것은 모순이다.

은조가 억지를 쓰기 때문에 진검룡도 약간의 억지를 쓰기로 했다.

"인아를 언니라고 부르지 않는다면 네가 돌아가서 십엽루를 맡고 인아를 본문으로 보내도록 해라."

"주군……."

은조의 안색이 착잡하게 변했다.

진검룡은 냉정하게 손을 저었다.

"지금 당장 십엽루로 돌아가라."

민수림과 부옥령은 재미있다는 표정으로 지켜보았다.

은조는 입술을 깨물면서 진검룡을 바라보았다. 진검룡의 입에서 나온 말은 타당한 이유를 대지 않는 한 절대로 번복할 수가 없다.

은조가 여기에 오려고 얼마나 애를 썼는데 이제 와서 돌아갈 수는 없는 일이다.

이윽고 은조는 고개를 숙이고 착 가라앉은 목소리로 말했다.

"앞으로 손나인을 언니라고 부르겠어요."

"정말이냐?"

"맹세해요."

"그럼 됐다."

은조는 진검룡이 보지 않을 때 입술을 삐죽거리면서 그를 하얗게 흘겼다.

'얄미워 죽겠어……!'

그때 그녀가 그러는 것을 부옥령이 보았다.

은조는 움찔했다가 어색하게 웃었다.

"헤헤……."

은조는 십엽루의 삼엽으로서 차갑고 잔인하기가 비길 데 없는 성격의 소유자다.

하지만 지난번에 진검룡에게 한번 된통 당하고 나서는 언제나 그에게만은 모든 것을 내려놓고 쓸개 없는 여자처럼 행동하고 있다.

그를 두려워하는 것도 있지만 그보다는 그를 존경하고 또 이성으로 연모하기 때문이다.

진검룡은 문득 생각난 것이 있어서 은조에게 물었다.

"화엽은 어디에 있느냐?"

"루주, 아니, 당주와 같이 있어요."

원래 십엽루에서 가장 고강한 화엽을 현수란은 종종 영웅문 십엽당주 대리로 앉혀놓고 자신은 십엽루의 업무를 보면서 영웅문으로 왔다 갔다 했었다.

말하자면 영웅문 십엽당주 자리를 현수란과 화엽, 은조 세 사람이 돌아가면서 봤다는 얘기다.

그만큼 십엽루의 규모가 방대하고 또 루주의 자리를 하루라도 비울 수가 없는 것이다.

청랑은 연보진을 데려와서 옆에서 기다리고 있다가 진검룡 앞에 있는 빈 의자에 달랑 앉혔다.

투우…….

부옥령이 무형지기를 발출해서 연보진의 아혈을 풀어주었다.

"음……."

연보진은 미약한 신음을 흘리면서 진검룡을 조심스럽게 바라보았다.

"마혈도 풀어줘라."

부옥령이 마혈을 풀어주자 연보진은 가볍게 몸을 떨더니 뜻밖이라는 표정으로 진검룡을 바라보았다.

그러나 그녀는 자신의 마혈을 풀어준 이유를 곧 깨닫고 씁쓸한 심정이 되었다.

그녀 주위에는 부옥령을 비롯하여 진검룡과 민수림, 청랑 등이 버티고 있으므로 그녀가 제아무리 날고 기는 재주가 있어도 어쩔 도리가 없다.

괜히 쓸데없는 짓을 했다가는 목숨이 열 개라도 남아나지 않을 것이다.

진검룡은 입가에 미소를 지으면서 연보진을 응시하며 말문을 열었다.

"나는 싸움을 원치 않소."

연보진은 지금까지 민수림과 진검룡, 그리고 부옥령의 대화를 들었으므로 그가 무엇 때문에 싸움을 원하지 않는 것인지 이유를 안다.

"검황천문 고수들을 이끌고 돌아가겠소?"

연보진은 복잡한 표정을 지으며 솔직하게 대답했다.

"어려울 거예요."

"어째서 그렇소?"

"그들의 총지휘자가 우호법이었어요. 그런데 그가 죽었으니 어쩔 방법이 없군요."

"우호법이 죽었는데 검황천문 고수들이 누구의 명령을 받는다는 말이오?"

"사천각 각주예요."

검황천문 이각의 사천각이 이곳에 왔다는데, 우호법이 없는 현재로선 사천각주가 최고 우두머리다.

"사천각주가 어떻게 할 것 같소?"

연보진은 씁쓸한 표정을 지었다.

"영웅문을 공격할 거예요."

"그에게 최종 결정권이 있소?"

"네."

"당신이 가서 그를 제지할 수는 없겠소?"

연보진은 적잖이 놀라는 표정을 지었다.

"나를 살려주겠다는 말인가요?"

"수하들을 이끌고 검황천문으로 회군하겠다면 그러겠소."

연보진은 잠시 불신의 표정을 지었다가 눈을 깜빡거리면서 진검룡을 바라보았다.

"나를 믿나요?"

진검룡은 고개를 끄떡였다.

"그렇소."

"어째서죠?"

진검룡은 빙그레 미소 지었다.

"속일 사람이라면 나를 믿느냐고 묻지 않을 것이오."

연보진은 씁쓸하게 웃었다.

"당신을 속일 마음은 없어요. 그러나……."

그녀는 말을 흐렸다가 다시 이었다.

"내가 돌아간다고 해도 고수들을 회군시키지 못해요."

"이유가 뭐요?"

"내게 지휘권이 없기 때문이에요."

"당신이 그들 중에서 신분이 제일 높지 않소?"

第九十二章

회군(回軍)

진검룡이 연보진의 일을 이해하지 못하는 것 같아서 부옥
령이 설명했다.

　"검황천문 태문주에게서 직접 지휘권을 일임받은 사람이 전
체 고수들을 통제하는 거예요. 이 상황에서는 아마 우호법이
지휘권자인 모양이군요."

　연보진이 고개를 끄떡였다.

　"그 말이 맞아요."

　진검룡은 그녀의 말을 이해했다.

　"알겠소."

　연보진이 말했다.

"우호법이 살아 있으면 고수들을 회군시킬 수 있을 텐데 그가 죽었으니……."

진검룡이 부옥령에게 물었다.

"그가 죽었느냐?"

"아직 숨이 한 가닥 붙어 있어요."

연보진은 깜짝 놀란 얼굴로 연운조가 쓰러져 있는 곳을 쳐다보았다.

주루 한쪽 구석에는 연운조가 반듯한 자세로 누워 있으며, 그 옆에는 동방창승도 나란히 눕혀져 있는데 시체처럼 꼼짝도 하지 않았다.

"중문주 동방창승도 살아 있어요."

"아……."

연보진은 나직한 탄성을 흘리며 한 가닥 기대하는 표정을 지으며 진검룡을 바라보았다.

아까 연보진은 아들 동방창승과 남동생 연운조가 각각 일장에 격퇴되어 날아갔을 때, 그들의 생사를 도외시하는 것처럼 행동했으나 사실 속마음까지 그러지는 않았다.

어찌 자신과 피를 나눈 남매이며 자신의 배가 아파서 낳은 친아들의 생사를 나 몰라라 할 수 있겠는가. 상황이 그랬기에 내심을 겨우 감추고 있었지만 두 사람의 생사 때문에 몹시 초조했었다.

부옥령은 저만치 벽에 커다랗게 뚫어진 구멍을 쳐다보면서 고개를 가로저었다.

"하지만 수하의 보고로는 저길 뚫고 나간 자는 땅에 떨어지면서 즉사했다는군요."

진검룡이 턱을 쓰다듬으면서 연보진에게 제안을 하듯 은근한 표정으로 말했다.

"내가 그 둘을 살려주면 회군하겠소?"

진검룡이 그 두 명을 치료해서 살려주겠다는 말인데 연보진은 잘못 알아들었다.

"두 사람을 풀어준다고 해도 큰 중상을 입은 탓에 살아나지 못할 거예요."

진검룡은 빙그레 웃었다.

"내가 치료해서 살려주겠다는 것이오."

연보진은 어리둥절했다.

"네⋯⋯?"

"어쩌겠소?"

연보진은 못 미더운 표정을 지었다.

"살린다고 해도 시일이 오래 걸릴 텐데⋯⋯."

"저 두 사람이 일각 이내로 일어나지 못하면 그대 뜻대로 해도 괜찮소."

"⋯⋯."

연보진은 진검룡이 자신을 놀리는 것이 아닌가 하는 표정으로 그를 쳐다보았다.

시체나 다름이 없는 두 사람을 일각 이내로 일어나게 해주 겠다는 말을 대체 어느 누가 곧이 믿겠는가.

"그렇게 해주면 회군하겠소?"

"그… 렇게만 해주면야……."

연보진은 뜨악한 표정을 지었다가 진검룡과 부옥령이 자신 을 주시하고 있는 것을 깨닫고 말을 이었다.

"그렇게 해주면 내가 그 두 사람을 설득해서 고수들을 회군 시키도록 하겠어요."

그녀는 그렇게 말은 했지만 속으로는 진검룡이 한 말을 반 푼어치도 믿지 않았다.

진검룡은 벌떡 일어나서 연운조와 동방창승이 누워 있는 곳으로 걸어갔다.

연보진은 의자에 앉아서 진검룡의 뒷모습을 망연히 바라보 기만 했다.

진검룡 뒤를 청랑과 은조가 따르고, 부옥령이 연보진 옆에 앉아 있으며, 맞은편에는 민수림이 혼자서 조용히 술잔을 기 울이고 있다.

연보진은 진검룡을 물끄러미 바라보았다.

그는 뒷모습을 보인 채 연운조와 동방창승 사이에 앉아서 두 손을 뻗어 양 손바닥을 그들의 가슴에 밀착시켰다.

연보진은 대체 그가 무엇을 하려는 것인지 눈도 깜빡거리지 않고 지켜보았다.

그러나 진검룡은 그 자세 그대로 가만히 앉아 있으면서 아무것도 하지 않았다.

그러기를 열 호흡쯤 지났을 때 진검룡이 두 사람 가슴에 댔던 손을 떼더니 일어나서 이쪽으로 걸어왔다.

연보진의 안색이 흐려졌다.

'그러면 그렇지.'

그녀는 진검룡이 두 사람을 진맥해 보고는 상태가 너무 위중해서 포기하고 돌아오는 것이라고 짐작했다.

진검룡이 원래 자리에 앉자 민수림이 말없이 그의 빈 잔에 술을 따라주었다.

부옥령이 진검룡에게 안주로 무얼 드시겠느냐고 묻자 그는 필요 없다고 고개를 가로저었다.

연보진은 절망적인 표정으로 연운조와 동방창승을 쳐다보다가 움찔했다.

그녀가 물끄러미 바라보고 있는 중에 동방창승이 부스스 일어나서는 앉고 있기 때문이다.

"아……"

그녀가 놀라고 있는데 이번에는 연운조가 일어나 앉았다.

연보진은 벌떡 일어나 빠른 걸음으로 그들에게 다가가면서 흥분한 어조로 소리쳐 불렀다.

"승아! 조야!"

동방창승과 연운조는 앉은 채 아직 정신을 차리지 못하고 눈을 껌뻑거리면서 연보진을 쳐다보았다.

연보진은 크게 놀라 그들 앞에 앉아서 두 사람의 손을 잡으며 번갈아 쳐다보았다.

"너희들, 괜찮은 것이냐?"

두 사람은 거의 동시에 자신들이 어쩌다가 이런 상황이 되었는지를 기억해 내고 소스라치게 놀랐다.

"아얏!"

"허엇! 누님……!"

두 사람이 진검룡과 부옥령을 발견하고 벌떡 일어나려는 것을 연보진이 손을 잡고 만류했다.

"그러지 마라……!"

그러고는 지금까지 일어난 상황을 두 사람에게 간략하게 설명해 주었다.

설명을 듣고 난 두 사람은 크게 놀라서 연보진에게 그게 사실이냐고 확인을 하고 나서야 잠잠해졌다.

진검룡 등과 연보진 등은 주루 앞에 나와서 마주 섰다.

진검룡이 연보진에게 담담하게 말했다.

"부탁하오."

연보진은 동방창승과 연운조를 한 번 보고 나서 살짝 미소 지으며 말했다.

"이들 둘이 상황을 잘 이해했으므로 회군하는 것은 문제가 없을 거예요."

연운조는 담담한 얼굴이고 동방창승은 못마땅한 표정으로 입을 내밀고 있다.

동방창승은 특히 자신을 저승 문턱까지 보냈던 부옥령을 죽일 것처럼 날카롭게 쏘아보고 있다.

그걸 모를 리 없는 부옥령이지만 일을 망치지 않으려고 모른 체 눈감아주었다.

그런데 일은 다른 데서 터졌다. 동방해룡이 영웅문 외문당주들과 섞여 있는 모습을 동방창승이 발견한 것이다.

영웅문 외문십이당은 현재 막간산에 진을 치고 있는 검황천문 고수들을 멀리 외곽에서 포위하고 있다.

영웅문 외문십이당 당주 대다수는 진검룡을 따라서 이곳에 왔었고, 몇 명은 복건성과 강서성에 갔었는데 볼일이 끝나고 돌아와서 모두 합류했다.

그들은 외문십이당이 있는 곳으로 가기 위해서 주루 입구에 모여 상의를 하고 있는데, 동방창승이 그들 중에서 동방해룡을 본 것이다.

그것뿐만이 아니다. 동방창승은 동방해룡을 죽일 듯이 쏘아보고 있다가 잠시 후에 그에게 다정하게 말을 거는 동방도혜마저도 보게 되었다.

동방창승은 연보진에게 전음을 했다.

[어머니, 저기 룡아와 혜아입니다.]

연보진이 쳐다보는 그때 마침 동방해룡과 동방도혜도 이쪽을 쳐다보다가 눈이 마주쳤다.

동방남매는 멀찌감치에서 연보진에게 두 손을 모으고 포권을 하며 허리를 굽혔다.

두 사람이 비록 영웅문 사람이 되었지만 예전에 가문의 어른이었던 연보진에게 예를 표하는 것이다.

연보진은 죽은 줄 알았던 동방남매를 보고 적잖이 놀라서 진검룡에게 물었다.

"저 아이들이 왜 여기에 있나요?"

진검룡은 기왕지사 동방남매가 연보진 등의 눈에 띄었으므로 구태여 숨길 일이 아니라고 생각하여 동방남매를 손짓으로 불렀다.

동방남매는 쭈뼛거리지도 않고 곧장 달려왔으며, 훈용강과 정향도 뒤따라왔다.

동방창승은 정향을 보고 깜짝 놀랐다.

"향 매!"

동방창승은 검황천문 태문주의 제자집단인 검천사십팔태제령 중 한 명인 검천사십이태제 정향이 이곳에 있을 줄은 꿈에서 상상조차 하지 못했었다.

동방남매와 정향은 연보진과 동방창승을 만난 것을 아무렇지도 않게 여겼다.

그만큼 마음의 안정을 되찾았으며 진검룡을 굳게 믿고 있기 때문이다.

연보진은 동방남매와 정향을 둘러보면서 놀랍고도 어이없는 표정을 지었다.

"너희들은 죽지 않았느냐?"

세 사람은 나란히 섰는데 제일 연장자인 동방해룡이 정중하게 말했다.

"저희는 영웅문 사람이 되었습니다."

연보진과 동방창승, 연운조 모두 깜짝 놀랐다.

검황천문에서는 이들이 모두 죽은 줄 알고 있는데 영웅문의 휘하가 되었다니 당연히 놀랄 일이다.

동방창승은 동방해룡을 가리키면서 분노로 몸을 떨며 나직하게 외쳤다.

"네 이놈! 감히 본문과 아버님을 배신하다니, 그러고도 네가 인간이냐?"

동방도혜가 발끈해서 나서려는 것을 동방해룡이 팔을 뻗어 말리고는 진중한 표정으로 말했다.

"이 형님이 언제 우리를 인간으로 대접해 주었다고 인간의 도리를 논하는 것이오?"

"이놈이……."

"아버지는 나와 혜아에게 생명만 주었을 뿐이지 우리가 태어난 후로는 일말의 관심도 두지 않았소. 남이라고 해도 그분처럼 무관심하지 않았을 것이오."

"아가리 닥쳐라!"

동방창승은 당장에라도 출수할 것처럼 으르렁거렸다.

그렇지만 연보진과 연운조는 동방해룡의 말이 맞는지라 씁쓸한 표정을 지을 뿐이다.

동방해룡은 차분하게 말을 이었다.

"하나 묻겠소."

"뭐냐?"

"이 형님이 만약 나와 혜아 같은 대접을 받았다면 이십 년이 넘는 세월 동안 견뎌낼 수 있었겠소?"

"그것은……."

동방창승은 대답하지 못했다. 그는 서자인 동방해룡과 동방도혜가 얼마나 푸대접을 받고 살았는지 바로 옆에서 지켜봤기에 잘 알고 있다.

동방창승은 역지사지(易地思之), 동방해룡과 입장을 바꿔놓고 생각해 본 적이 한 번도 없다.

그저 날마다 자신의 압도적인 지위를 한껏 으스대면서 틈만 나면 동방해룡과 동방도혜를 짓밟느라 정신이 없었다.

동방해룡의 잔잔한 목소리가 억눌린 표정을 짓고 있는 동방창승의 고막을 흔들었다.

"내가 이 형님이었다면 서자 동생들을 그토록 핍박하지는 않았을 것이오."

"음……."

동방창승은 성격이 매우 모났지만 동방해룡의 이치에 맞는 말에 반박을 하지 못했다.

동방해룡은 씁쓸한 표정을 지었다.

"방금 나더러 배신했다고 했소?"

"……"

"이 형님이 우리 같은 처지였다면 스스로 살길을 찾아 떠나지 않았겠소?"

"그래도……"

"우리가 원래 가던 길은 목적지로 향하는 올바른 길이 아니었소. 아니, 그때는 목적지가 어디인지도 몰랐었소. 그것은 우리가 아닌, 우리를 질시하는 사람들이 아무렇게나 정해준 목적지이고 길이었기 때문이었소. 그렇기에 지금이라도 올바른 길을 찾았다면 그 길로 가는 것이 옳은 선택이 아니겠소?"

동방창승은 핏대를 세우고 소리쳤다.

"뭐가 옳은 선택이라는 말이냐? 아버님과 본문을 배신하는 짓은 어떤 이유에서라도 안 된다!"

동방해룡은 어이없는 표정을 지었다. 그는 동방창승의 억지에 더 이상 말하기가 싫어졌다.

연보진이 염려하는 얼굴로 말했다.

"룡아, 네 어머니와 가족들은 어찌 되는 것이냐?"

태문주의 정실부인인 연보진은 평소 첩과 서자들을 차별하지 않고 잘 대해주었다.

동방해룡이 공손히 대답했다.

"영웅문으로 다 모셔 왔습니다."

연보진은 미소를 지으며 고개를 끄떡였다.

"잘했다."

그녀는 진심 어린 표정을 지으며 두 손으로 각기 동방남매의 손을 잡았다.

"어디서라도 어머니와 가족들 잘 보살피거라."

"고맙습니다, 대부인."

동방해룡은 진심으로 고마워했다.

*　　　　*　　　　*

동방창승은 분이 풀리지 않는지 주먹을 쥐고 때리는 시늉을 하며 씨근거렸다.

"너희 둘은 조심하는 게 좋다. 언젠가 내 손에 걸리면 살아남지 못할 것이다."

동방해룡은 살짝 코웃음을 치며 가볍게 턱을 치켜들었다.

"훗! 막연한 그 언제를 기다릴 필요 없이 지금 한번 해보는 게 어떻겠소?"

막 몸을 돌리고 있던 동방창승은 불끈! 해서 동방해룡을 향해 돌아서는 것과 동시에 어깨의 검을 그대로 발검하며 공격을 퍼부었다.

"이놈! 그 말을 후회할 것이다!"

촤악!

그 짧은 순간에 동방창승은 이백오십 년 전 공력을 끌어올려서 검에 주입하고는 부친으로부터 직접 전수받은 천령신검(天靈神劍)을 전력으로 뿜어냈다.

콰와우웃!

그런데 다음 순간 동방창승은 움찔했다. 표적으로 삼은 눈앞의 동방해룡이 사라졌다.

분명히 방금 전에 다섯 걸음 앞의 동방해룡을 육안으로 똑똑히 보면서 발검했거늘 그가 눈앞에서 씻은 듯이 사라졌다니 도저히 믿어지지가 않았다.

더구나 아무런 기척이 감지되지 않는다. 동방해룡이 사라지기 위해서는 분명히 움직였을 테고, 살아 있는 생명체가 움직이면 반드시 기척이 있게 마련인데, 철저하게 아무런 기척도 감지되지 않았다.

이런 일은 단 하나의 경우, 동방해룡이 그를 훨씬 능가해야만 가능한 일이다. 고수의 기척을 하수는 절대로 감지하지 못하기 때문이다.

그러나 동방창승은 거기까지는 생각하지 않았다. 동방해룡이 자신을 능가할 리가 없다고 믿은 것이다.

순간 동방창승은 본능적으로 고개를 번쩍 위로 쳐들며 맹렬하게 천령신검을 전개했다.

콰우웃!

가문의 성명검법인 천령신검은 부친 동방장천이 자랑하는 두 개의 검법 중 하나다.

현재 그는 천령신검을 육 성 정도 연마했는데, 그 정도면 한 번의 전개에 세차게 흐르는 계류의 물을 통째로 가를 수 있을 정도의 대단한 위력이다.

그런데 위를 올려다보는 동방창승의 눈이 크게 부릅떠졌다.

동방해룡이 어느새 허공에 엎드린 자세로 떠서 그의 머리를 향해 손을 뻗고 있었기 때문이다.

눈앞에 있던 동방해룡이 어느새 저기로 이동했는지 귀신이 곡할 노릇이다.

동방해룡은 검을 지니고 있지만 뽑지 않고 맨손을 뻗고 있으며, 손가락끝에서 반투명한 금빛의 기운이 뿜어지고 있는 것이 보였다.

동방창승의 검에서 발출된 청색의 검기(劍氣)가 허공을 세로로 가르면서 동방해룡을 그어가고 있지만, 그 전에 동방해룡이 발출한 지풍에 의해서 동방창승의 머리에 구멍이 뚫리거나 박살이 나고 말 것이다.

동방창승은 그 순간 크게 경악해서 머릿속이 새하얗게 탈색되어 아무 생각도 나지 않았다.

그가 알고 있는 동방해룡은 무위가 그보다 반 수 정도 하수여서 오초식 안에 능히 제압할 수 있는 수준이었다.

그런데 지금 동방해룡이 보여주고 있는 솜씨는 오히려 그를 훨씬 능가하고 있지 않은가.

저런 실력이라면 오히려 반대로 동방해룡이 동방창승을 삼 초식 안에 제압하고 말 것이다.

"멈춰라!"

지이잉!

바로 그때 부옥령의 나직한 호통이 터지는가 싶더니, 동방 창승의 그어가던 검이 징을 두드린 듯 검명을 터뜨리면서 그 자리에 뚝 멈추고, 동방해룡이 발출한 지풍은 흔적도 없이 와 해되었다.

지이잉······!

동방창승은 검이 세차게 부르르 떨리면서 손아귀가 찢어질 것 같은 고통을 느끼며 급히 부옥령을 쳐다보았다.

부옥령은 허공을 향해 비스듬히 뻗었던 왼손을 천천히 거 두고 있었다.

그로 미루어서 그녀는 왼손의 손가락 두 개를 뻗어서 지풍 을 발출하여 동방창승과 동방해룡의 공격을 한꺼번에 차단한 것 같았다.

아니, 지풍이 아니라 지강(指罡)이다. 지풍이라면 동방창승 의 검법과 동방해룡의 지풍을 동시에 와해시킬 수 없다.

동방해룡과 동방창승의 경합은 세 호흡 정도의 짧은 시간 에 벌어지고 끝났지만 한 가지 사실이 분명하게 드러났다.

동방창승보다 동방해룡이 고강하고, 그보다는 부옥령이 훨씬 더 고강하다는 사실이다.

동방창승은 검을 쥔 손을 땅으로 늘어뜨린 채 황망한 표정을 지으며 동방해룡을 쳐다보았다.

동방창승의 얼굴에는 불신의 표정이 역력하게 떠올랐다. 발가락에 낀 때만큼도 여기지 않았던 동방해룡이 자신보다 훨씬 고강해졌다는 사실을 어떻게 이해하고 받아들여야 할지 모르겠다는 표정이다.

지면에 가볍게 내려선 동방해룡 귀에 부옥령의 나직한 전음이 전해졌다.

[선풍당주, 큰일을 망치고 싶은 것이냐?]

동방해룡은 연보진과 연운조가 막간산으로 돌아가서 검황천문의 삼천사백여 고수들을 이끌고 회군하게 될 것이라는 사실을 알고 있었다.

그런데 만약 동방해룡이 화를 참지 못하고 동방창승을 죽이거나 중상을 입게 만들었다면 그 일이 차질을 빚게 될지도 모르는 일이다.

만약 연보진과 연운조가 동방창승의 일을 문제 삼아서 검황천문 고수들을 회군시키지 않는 일이 벌어진다면, 동방해룡은 돌이킬 수 없는 대죄를 짓게 되는 것이다.

쌍방 간에 싸움이 벌어지면 수천 명이 죽을 텐데, 그 엄청난 책임이 동방해룡에게 있는 것이다.

뒤늦게 그런 사실을 깨달은 동방해룡은 죄스러워서 고개를 들지 못했다.

연보진이 진검룡에게 가볍게 고개를 숙였다.

"가겠어요."

진검룡은 대답하지 않고 가볍게 고개만 끄떡였다.

그와 측근들은 연보진과 연운조, 동방창승 세 명이 주루 앞마당을 출발하여 저만치 관도를 향해 달려가는 모습을 물끄러미 응시했다.

세 명의 모습이 언덕 너머로 사라지자 진검룡이 부옥룡에게 넌지시 물었다.

"령아, 어떻게 될 것 같으냐?"

부옥령의 실제 나이가 사십삼 세지만 반로환동을 하여 십칠팔 세 어린 소녀의 모습이 되었기에 진검룡은 그녀가 어린 소녀라고만 여기는 것 같았다.

진검룡으로서는 조금만 생각을 해보면 부옥령의 실제 나이와 본모습을 떠올릴 수 있을 텐데도 구태여 그러지 않고 그녀를 어린 소녀처럼 대했다.

더구나 부옥령이 한사코 어린 소녀처럼 굴고 애교가 철철 넘치게 행동하는 터라서 진검룡은 그녀를 연하처럼 대하고 있는 것이다.

부옥령은 진검룡이 자신을 연하처럼 대해 주는 것이 너무도 행복했다.

"뒤따라가는 것이 좋겠어요."

부옥령의 말에 진검룡은 고개를 끄떡였다.

"역시 그래야겠지?"

진검룡도 그런 생각을 하고 있었던 것이다.

연보진 일행이 검황천문 고수들을 철수시킨다고 말했고 진검룡은 그 말을 믿지만 세상일이라는 것은 언제 어떻게 변할지 아무도 모른다.

연보진이 고수들을 회군시키려고 제아무리 애를 써도 전혀 뜻밖의 변수가 발생해서 좌절될 수도 있는 것이다.

반대로 연보진이 일단 진검룡 수중에서 벗어나기 위해서 거짓말을 했을 수도 있다.

그녀가 진검룡 앞에서 했던 행동들을 보면 그럴 리가 없다고 생각하겠지만, 세상일을 모르는 것처럼 사람 일이라는 것도 절대로 알 수가 없다.

"수림 생각은 어떻습니까?"

민수림은 담담히 고개를 끄떡였다.

"나도 좌호법 생각이 옳은 것 같아요."

진검룡과는 달리 민수림은 부옥령을 '좌호법'이라고 부른다.

진검룡 일행이 막간산 동쪽으로 달려가고 있을 때 급보가 날아들었다.

강비와 창화개가 개방 항주분타의 세력으로 만든 영웅문

풍영당에서 사용하는 전서구가 하늘에서 수직으로 내리꽂히더니 부옥령이 내민 팔뚝에 앉았다.

푸드득!

부옥령은 전서구의 발에 매달린 대나무 전통에서 돌돌 말린 서찰을 꺼내 읽었다.

"이런……."

서찰을 읽던 부옥령은 어이없는 표정을 지었다.

"싸움이 벌어졌대요."

진검룡 일행은 검황천문 고수들이 회군하는 것에 구 할의 기대를 걸었으며, 뜻하지 않은 변수가 벌어질지도 모른다는 것에 일 할의 염려를 했었는데 운 나쁘게도 일 할의 염려가 들어맞았다.

"연보진 일행이 아직 막간산에 도착하지 않았는데 검황천문 고수들이 항주를 향해서 출발했다가 포위망을 형성하고 있는 본문 외문십이당 고수들과 싸움이 벌어진 거래요."

민수림이 나직하게 중얼거렸다.

"사천각주로군요."

연보진과 연운조, 동방창승이 부재중에는 사천각주가 최고 우두머리이므로 삼천사백여 고수들에 대한 모든 결정권을 갖고 있다.

부옥령이 민수림의 말을 이었다.

"연보진 일행이 막간산 기슭 본진에 도착하기 전에 사천각주가 공격 명령을 내린 것이군요."

진검룡이 고개를 끄떡였다.

"연보진 일행과 오랫동안 별다른 연락을 취할 수 없는 상황이 되니까 변을 당한 것이라고 짐작했겠지. 주루 근처에 있던 검황천문 청룡고수들도 전멸했으니까 전서구를 주고받을 수 없었을 거야."

부옥령이 빠르게 말했다.

"연보진과 연운조를 빨리 막간산으로 데려가야 해요!"

진검룡은 무슨 뜻인지 즉시 알아들었다.

"가자!"

연보진 일행이 막간산으로 가고 있는 속도가 늦으니까 진검룡 등이 그들을 더욱 빨리 막간산 동쪽으로 이동시켜야 한다는 뜻이다.

"어머니! 영웅문 놈들이 추격해 오고 있습니다!"

동방창승이 뒤돌아보았다가 깜짝 놀라서 외쳤다.

연보진 일행은 관도 뒤쪽에서 자신들을 추격해 오고 있는 진검룡 일행을 돌아보면서 크게 놀랐다.

동방창승이 다급한 표정으로 낮게 외쳤다.

"어서 도망칩시다! 우릴 죽이려고 추격하는 겁니다!"

연보진은 달리는 것을 멈추었다.

"아니다. 멈춰라."

"어머니!"

"우릴 죽이려고 했으면 주루에서 죽였을 것이다. 뭔가 급한 일이 생긴 것 같구나."

"마음이 바뀌었을 수도 있잖습니까?"

"전광신수는 그럴 사람이 아니다."

동방창승은 저만치에서 나는 듯이 달려오고 있는 진검룡 일행을 물끄러미 응시하고 있는 연보진을 어이없다는 표정으로 쳐다보았다.

"어머니께서 저자를 어떻게 그리 잘 아십니까?"

"백두여신 경개여고(白頭如新 傾蓋如故)니라."

백발이 되도록 오랜 세월 동안 만남을 가져도 상대를 잘 모르는가 하면, 처음 만나서 잠시 대화를 나누었음에도 오랜 벗처럼 친해진다는 뜻이다.

연보진의 말인즉, 진검룡을 처음 만났지만 오랜 벗처럼 친해져서 그를 잘 안다는 얘기다.

그렇지만 연보진의 말을 믿지 못하는 동방창승은 잔뜩 경계하는 얼굴로 진검룡 일행이 가까이 다가오는 것을 뚫어지게 쏘아보았다.

진검룡과 민수림, 부옥령, 청랑, 은조와 영웅호위대주 옥소를 비롯한 부대주 다섯 명이 줄줄이 도착했다.

연보진 등이 보기에 진검룡 일행은 관도의 저 끝에서 여기까지 족히 삼백여 장 이상 되는 거리를 눈 한 번 깜빡거릴 순식간에 도착했다.

그런 것은 연보진 일행으로서는 도저히 흉내조차 내지 못할 일이다.

연보진이 의아한 표정으로 진검룡에게 물었다.

"무슨 일인가요?"

"싸움이 벌어졌소. 당신네 사천각주가 공격 명령을 내린 모양이오."

동방창승이 빙긋 웃으며 거침없이 속내를 드러냈다.

"사천각주가 마음에 쏙 드는군."

연보진이 날카롭게 쏘아보자 동방창승은 씁쓸하게 웃으며 어깨를 움츠렸다.

연보진이 조급한 얼굴로 진검룡에게 물었다.

"막간산 본진 쪽에 영웅문 고수들이 있나요?"

"그렇소."

"얼마나 되죠?"

"칠천오백여 명이 넘을 것이오."

연보진과 연운조, 동방창승은 예상하지 못했던 일에 적잖이 놀라는 표정을 지었다.

"그들이 우리 본진을 포위하고 있었나요?"

"그렇소."

만약 연보진이 진검룡, 아니, 부옥령의 제안을 받아들이지 않았더라면 필경 싸움이 벌어졌을 것이다.

그리고 그 싸움은 모르긴 해도 검황천문 삼천사백여 고수들의 전멸로 끝났을 것이다.

검황천문 삼천사백여 고수들이 최정예라고 하지만 영웅문 칠천오백여 명도 만만치 않을 것이다.

그런데 더 중요한 것은 진검룡을 비롯한 초극, 초절고수들이 싸움에 개입하게 되면 영웅문의 승리가 더욱 분명해질 것이라는 사실이다.

아까 주루 앞에 있던 영웅문의 당주급 십여 명이 검황천문 청룡전 청룡고수 백여 명을 일각도 못 돼서 죽인 것으로 미루어 그들도 초극고수가 분명하다.

그런데도 진검룡은 쌍방 간에 싸움이 벌어지지 않게 해달라고 연보진을 설득했었다.

아무리 생각해도 진검룡은 선의로써 그런 것이 분명하다. 쌍방 간에 일어날 무고한 희생을 없애자는 뜻이다.

第九十三章

절강에서 나오지 마라

"어서 갑시다."

진검룡은 동방창승에게 손을 뻗으며 민수림과 부옥령에게 말했다.

"내가 이자를 맡을 테니까 수림과 령아가 두 사람을 맡아야겠습니다."

"어엇?"

진검룡이 자신의 어깨를 잡으려고 하자 동방창승은 움찔하며 공격할 자세를 갖추었다.

그러나 갑자기 온몸이 뻣뻣해지면서 팔다리를 움직이지 못하게 되었다.

"어어… 나한테 무슨 짓을 한 거야?"

진검룡은 대답하지 않으며 동방창승의 팔을 잡고 비스듬히 허공으로 솟구치면서 무영능공표를 전개했다.

그와 동시에 민수림이 연보진을, 부옥령이 연운조의 팔을 잡고 진검룡처럼 허공으로 비스듬히 솟구쳤다.

지상에 남은 청랑과 은조, 옥소와 다섯 명의 부대주들은 진검룡 등이 전방의 허공을 향해 끝없이 비상하는 광경을 보면서 탄성을 터뜨리며 저절로 입이 벌어졌다.

"아아……."

"대체 저것은……."

옥소가 눈을 빛내면서 알은척을 했다.

"경공의 최상승인 어풍비행(馭風飛行)인 것 같아요……!"

"어… 풍비행……!"

영웅호위대 제일부대주 정무웅이 턱이 빠진 것처럼 입을 벌리고 올려다보며 탄성을 터뜨렸다.

"오오… 신선의 경지에 들어서야지만 펼칠 수 있다는 어풍비행이라는 말입니까?"

제오부대주 위융이 똑같은 표정을 짓고 정정해 주었다.

"신선이 아니라 반신반인 초범입성의 경지에 들어야지만 전개할 수 있다네……."

항주 오대중방파의 하나인 연검문 문주 태동화의 제자였던 정무웅과 검황천문 십이부 중 하나인 탈혼부 제팔분부주였던 위용은 같은 영웅호위대 부대주가 되고 나서는 비슷한 나이에 비슷한 성격이라서 급속도로 친해졌다.

진검룡 등은 지상에서 까마득한 팔십여 장 높이의 하늘에서 한 줄기 바람을 타고 쏘아낸 화살보다 빠른 속도로 비행하고 있다.

천하 무림을 통틀어 지상에서 팔십여 장 까마득한 하늘을 날아가는 사람이 대저 몇 명이나 있겠는가.

민수림과 부옥령은 입가에 흐뭇한 미소를 머금고 있다.

지금 진검룡과 민수림, 부옥령이 전개하고 있는 무영능공표는 구파일방의 무당파에서 사백여 년 전에 실전된 경공술의 최고봉이다.

무영능공표의 일초식 무영표는 지상에서의 경공이고, 이초식 능공표는 허공에서 전개하는 경공이다.

허리를 슬쩍 비틀면 자유자재 전후좌우로 용솟음치고, 고개를 약간 돌리기만 해도 방향이 바뀌며, 두 발로 허공을 밟으면 높낮이를 마음먹은 대로 조절할 수가 있다.

진검룡은 이미 능공표 십이변까지 완벽하게 터득하고 숙달하여 마음먹은 대로 구사하는 수준이다.

그가 임독양맥이 소통되기 전인 이백이십 년 공력을 지녔을 때에는 능공표를 전개하여 허공 삼십여 장까지 비상했고 반 각 정도 체공(滯空)할 수 있었다.

능공표는 경공술의 최고봉인 어풍비행, 축지성촌(縮地星寸) 바로 아래 단계인데, 모르는 사람들이 보면 어풍비행이라고 착각할 수도 있다.

민수림이 미소 짓는 이유는 진검룡이 무영능공표를 너무도 완벽하게 전개하고 있기 때문이다.

그가 무영능공표를 십 성까지 터득했다는 사실도 몰랐지만, 이 정도로 완벽하게 전개할 줄은 더욱 예상하지 못했었기에 그가 자랑스럽게 여겨졌다.

민수림은 부옥령이 전개하고 있는 경공이 자신들과 똑같은 능공표라는 사실을 한눈에 간파했다.

민수림은 궁금하거나 의문이 생기면 뒤로 미루는 성격이 아니라서 즉시 부옥령에게 전음을 보냈다.

[지금 좌호법이 펼치고 있는 경공이 능공표인가요?]

부옥령은 긴장했지만 내색하지 않았다.

[맞아요, 소저.]

[좌호법은 능공표를 누구에게 배웠나요?]

부옥령은 조금 전에 능공표를 전개할 때 민수림이 알아보고 이런 질문을 할 것이라고 예상했었다.

부옥령은 민수림이 과거의 기억을 깡그리 잊었으며 자신이 무슨 말을 해도 민수림에게 혼란만 줄 뿐이지 기억을 되돌리기는 불가능할 것이라고 생각했었다.

그래서 일상생활에서 과거에 민수림이 알고 있는 것들을 하나씩 드러내서 보여주기로 마음먹었다.

그런 것들이 하나씩 그리고 조금씩 민수림의 새로운 기억에 축적되다 보면 망각한 과거의 기억의 문이 조금씩 열리지 않을까 하는 간절한 바람이다. 시쳇말로 '가랑비에 옷 젖는다'를 실천해 보는 것이다.

[제가 모시던 분께 배웠습니다.]

민수림은 거기에서 그치고 더 묻지 않았다. 누구에게 배웠느냐고 묻는 것은 부옥령의 사사로운 사생활을 캐묻는 것이며, 그녀하고는 그런 것을 물을 정도로 가까운 사이가 아니라고 여기기 때문이다.

민수림이 그 정도의 친분이 있는 사람은 세상천지에 진검룡한 사람뿐이다.

진검룡과 민수림, 부옥령에게 팔 하나를 잡힌 채 하늘을 날아가고 있는 연보진과 연운조, 동방창승 세 사람 다 귀신을 본 듯한 표정을 짓고 있다.

이들 세 사람은 진검룡 등의 무위가 생각했던 것보다 훨씬 고강하다는 사실에 놀라움을 금치 못했다.

진검룡 등이 고강하다고는 생각했었지만 설마 이 정도까지일 줄은 예상하지 못했었다. 이 정도면 연보진 등의 예상을 훨씬 능가하는 것이다.

연보진 등이 이제부터 죽으라고 연마를 한다고 해도 이번 생에서는 이런 어풍비행을 전개하는 일은 흉내도 못 낼 터이다.

연보진 등이 보니까 진검룡과 민수림, 부옥령은 추호도 힘든 표정이 아니다.

그저 상체를 약간 앞으로 비스듬히 숙인 자세로 옷자락을 펄럭이면서 쏘아가고 있는데, 만약 저들 세 사람의 손에 서책이라도 한 권 쥐여준다면 책장을 펄럭이면서 넘기며 읽을 정도로 여유롭게 보였다.

또한 진검룡 등 세 사람이 전개하고 있는 속도는 연보진 등이 지상에서 전력으로 경공술을 전개하는 것보다 최소한 세배 이상 빨랐다.

지금 동방창승은 몸이 자유로운 상태다. 조금 전 지상에서 진검룡이 무영능공표를 전개하기 직전에 그의 팔을 갑자기 붙잡으면 저항할까 봐 무형지기를 발출하여 그의 행동을 억지(抑止)시켰기에 움직이지 못했던 것이다.

동방창승은 자신의 한쪽 팔을 가볍게 잡은 상태에서 비행하고 있는 진검룡을 쳐다보았다.

진검룡은 전방을 주시하면서 옷자락과 머리카락을 날리고 있는데, 아마도 천신(天神)이 있다면 지금 이런 모습이 아닐까 하고 동방창승은 순간적으로 생각했다.

동방창승은 한동안 넋을 잃은 채 진검룡의 준수하고 헌앙한 모습을 바라보았다.

'이런… 내가 무슨 생각을……'

그는 진검룡을 신처럼 여기면서 바라보고 있는 자신을 발견하고 쓴웃음을 지었다.

그러고는 문득 그는 자신이 지금 전 공력을 오른손에 모아서 일장을 발출한다면 진검룡을 죽이거나 중상을 입힐 수도 있지 않을까 하는 생각을 해보았다.

동방창승은 모친 연보진하고는 생각이 많이 다르다. 그가 부친 태문주에게 직접 받은 명령은 영웅문을 괴멸시키고 영웅문주를 죽이라는 것이었다.

그러므로 당연히 연보진이 진검룡의 제안을 받아들여서 검황천문 고수들을 회군시키려는 계획을 못마땅하게 생각한다.

진검룡은 전방을 주시하면서 어떤 깊은 생각에 빠져 있는 모습이라서 완전히 무방비 상태다.

동방창승은 조금 전에는 진검룡을 암습해 볼까 하고 지나가듯 생각했다.

그러나 그 생각을 진지하게 하다 보니까 지금은 어쩌면 그게 성공할지도 모른다는 착각에 빠졌다.

성공만 하는 순간 그는 일약 눈부신 개선장군이 되어 검황천문으로 돌아가서 부친 태문주에게 큰 칭찬과 상을 받게 될 터이다.

그런 생각을 하니까 그도 모르게 심장이 두근거리고 맥박이 빨라졌다.

그때 진검룡이 그를 쳐다보는데 눈빛이 맑은 호수처럼 고요

하고 투명했다.

그러나 그 순간 동방창승은 심장이 철렁하며 저 아래 지상으로 떨어지는 듯한 충격을 받고 급히 숨을 멈추었다.

동방창승이 암습하려는 마음을 먹자 심장이 두근거리고 맥박이 빠르게 뛴 것만으로도 진검룡이 이상한 낌새를 느끼고 쳐다본 것이다.

그런데 만약 동방창승이 전 공력을 끌어올려서 암습을 하려고 든다면 그 기척을 그가 모를 리가 없다.

만약 암습하려고 했다면, 공력을 끌어올리는 그 순간 진검룡에게 죽음을 당했을 것이다.

'으휴……'

동방창승의 등줄기로 식은땀이 흘러내렸다.

다시 생각해 보니까 그가 암습을 하여 진검룡을 어떻게 한다는 것 자체가 어불성설이다.

진검룡을 비롯한 여섯 명이 반 각 정도 날아갔을 때, 저 아래 전방의 넓은 벌판에서 수천 명이 한 덩이로 뒤엉켜서 싸우고 있는 광경이 아스라하게 내려다보였다.

끝이 보이지 않을 정도로 드넓은 벌판에 수천 명이 거대한 원형의 포위망을 형성하고 있으며, 포위망 안에서 싸움이 벌어지고 있는 중이다.

진검룡이 재빨리 살펴보니까 영웅문 휘하의 고수들이 겹겹이 포위망을 형성하고 있으며, 포위망 안에 갇힌 것은 검황천문 고수들이 분명했다.

한편으로는 혹시 영웅문 휘하 고수들이 지리멸렬하지 않을까 염려했었는데 뜻밖에도 검황천문 고수들을 포위한 상태에서 싸우고 있는 것이다.

그런데 영웅문 고수들이 검황천문 고수들을 완벽하게 포위를 한 상황이 아니었다.

한쪽 그러니까 서쪽 포위망 바깥에서 검황천문 고수 이백여 명이 포위망을 형성한 영웅문의 영웅고수들을 맹렬하게 공격하고 있다.

포위망 바깥의 검황천문 고수들은 포위망을 뚫어서 안에 갇힌 동료들을 구하려고 결사적으로 싸우는 것이다.

문제는 그것만이 아니다. 영웅고수 칠천여 명으로 검황고수 삼천여 명을 포위하긴 했는데 포위망 안에 그들을 가두어두기에는 너무 버거운 것이다.

영웅고수들을 총지휘하는 사람은 외문총당주 풍건인데 그는 검황고수들을 포위하는 데 급급해서 뒷일을 깊이 고려하지 않은 것이 분명하다.

지지불태(知止不殆), 멈출 줄 알면 위태롭지 않다고 했는데 풍건은 멈추지 않고 과욕을 부린 모양이다.

포위망 안의 검황고수들은 포위망을 뚫기 위해서 전력을 다해서 싸우고, 영웅고수들은 뚫리지 않으려고 기를 쓰는데, 영웅고수들이 상대가 되지 않았다.

*   *   *

포위망 안에 쓰러져 있는 사람의 수가 이미 이삼백여 명이며, 그중 칠 할이 영웅고수들이다.

연보진이 자신의 팔을 잡고 있는 민수림을 보면서 다급하게 말했다.

"내려주세요."

진검룡이 물었다.

"어쩌려는 거요?"

"싸움을 멈추게 해야죠."

"어떻게 멈추려는 거요?"

"일단 지상에 내려가서……."

"그러면 늦소. 뜯어말리는 데 일각 이상 걸릴 거요. 단번에 싸움을 멈추게 해야 하오."

그건 말이 되지 않는 얘기다. 만 명이 넘는 고수들이 뒤엉켜서 치열하게 싸우고 있는데 어떻게 단번에 싸움을 멈추게 할 수 있다는 말인가.

하지만 진검룡은 영웅고수가 한 명이라도 더 다치거나 죽는 것을 원하지 않는다.

여섯 명은 속도를 늦춰서 날아가고 있다.

민수림이 말했다.

"창룡후(蒼龍吼)를 사용해요."

"그게 뭡니까?"

"사람이 내는 천둥소리 같은 거예요."

진검룡은 반색했다.

"그거 좋군요. 어떻게 하는 겁니까?"

"사자후를 아나요?"

"모릅니다."

그때부터 민수림은 육성으로 말하지 않고 전음으로 진검룡에게 창룡후의 구결을 알렸었다.

창룡후 구결은 매우 어렵지만 민수림은 짧게 설명했다. 창룡후는 진검룡이 예전에 터득한 적이 있는 천리전음의 구결과 흡사하기에 그 구결에 조금만 보태서 설명하면 된다.

다섯 호흡 후에 진검룡은 환한 표정을 지었다.

"알겠습니다."

"할 수 있겠어요?"

"해보겠습니다."

진검룡이 이렇게 말하면 할 수 있다는 뜻이다.

민수림이 자신을 쳐다보자 부옥령은 고개를 끄떡였다.

"저는 할 줄 압니다."

민수림이 다시 연보진과 연운조, 동방창승을 쳐다보자 그들은 씁쓸한 얼굴로 고개를 가로저었다.

그러는 사이에 일행은 전쟁터로 변한 현장 상공 이십여 장까지 이르렀다.

진검룡은 긴장한 표정을 지으며 속으로 창룡후의 구결을 빠르게 되새겼다.

민수림이 진검룡을 살피면서 말했다.

"멈춰라. 라고 외치는 거예요."

진검룡이 고개를 끄떡이는 것을 보고 민수림이 말했다.

"셋에 전개하세요."

진검룡과 민수림, 부옥령은 잡고 있던 세 사람의 팔을 놓아주고 민수림이 말했다.

"당신들은 공력으로 귀를 닫고서 우리가 창룡후를 전개한 직후에 지상으로 하강해요."

지금처럼 가까운 거리에서 진검룡과 민수림, 부옥령 세 사람이 한꺼번에 터뜨리는 창룡후를 아무런 방비 없이 듣게 된다면 모르긴 해도 고막이 터지고 기혈이 들끓어서 심한 내상을 입게 되거나 심하면 죽을 수도 있다.

여섯 명은 싸움터 상공에 떠 있고 민수림이 수를 세었다.

"하나… 둘… 셋."

그 순간 진검룡과 민수림, 부옥령은 극한으로 끌어올린 공력을 입을 통해 뿜어내며 창룡후를 터뜨렸다.

"멈춰라—!"

쫘르르르릉!

진검룡과 민수림, 부옥령은 분명히 '멈춰라'는 말을 창룡후로 뿜어냈지만 지상에 있는 사람들은 천번지복 엄청난 굉음만 들었을 뿐이다.

　치열하게 싸우던 만여 명의 고수들이 크게 놀라서 한순간 거짓말처럼 뚝 모든 동작을 멈추었다.

　만여 명은 손으로 두 귀를 막거나 심할 경우 비틀거리는 사람도 있다.

　진검룡과 민수림, 부옥령 단 세 사람이 창룡후로 만여 명을 제압했으니 놀라운 일이다.

　스우우…….

　연보진과 연운조 등은 지상으로 하강하면서 쩌렁쩌렁하게 외쳤다.

　"싸우지 마라! 지금 당장 검황천문 휘하는 서쪽으로 물러나서 정렬하라!"

　"무얼 하느냐? 지금 즉시 물러나라!"

　창룡후하고는 비교할 수 없지만 고수들이 싸움을 멈추고 조용한 상황이라서 두 사람의 호통 소리는 모두에게 똑똑히 들렸다.

　그 뒤쪽에서 진검룡은 허공에 정지한 상태에서 영웅고수들에게 명령했다.

　"영웅문 휘하는 동쪽으로 물러나라!"

　그의 외침이 우렛소리처럼 쩌르릉! 허공을 울렸다.

싸우던 고수들은 방금 명령한 사람이 자신들의 우두머리라는 사실을 확인하고는 일사불란하게 동쪽과 서쪽으로 바다가 갈라지듯 물러났다.

영웅고수들과 검황고수들은 조금 전까지만 해도 철천지원수처럼 싸웠으나 지금은 이십여 장의 거리를 두고 양쪽으로 갈라져서 자신들의 우두머리를 쳐다보고 있다.

두 무리 사이의 땅에는 죽었거나 부상을 당한 고수 이백여 명이 어지럽게 흩어져 있다.

진검룡 일행과 연보진 일행은 각자 자신들의 수하들 앞 지상에 내려서 명령했다.

"전투는 없다! 철수한다!"

두 문파의 고수들은 오합지졸이 아니다. 최고 우두머리들의 명령이 떨어지자마자 외문총당주 풍건과 사천각주가 중간 간부들에게 명령을 하달하여 각각 항주와 남경을 향해 행군을 시작했다.

그때 연보진 혼자 진검룡 쪽으로 달려왔다.

그녀는 진검룡에게 포권을 하며 다정한 얼굴로 말했다.

"진 대협, 돌아가서 태문주께 잘 말씀드리도록 할 테니까 진 대협은 될 수 있으면 절강성 밖으로 나와서 본문의 세력을 침범하지 마세요."

"무슨 뜻이오?"

연보진은 진지하게 말했다.

"사실 나는 검황천문이나 영웅문이 서로 치고받고 싸우는 것에는 별 관심이 없어요. 내 관심사는 그저 내가 아무 방해를 받지 않고 무공을 연마하는 것과 내 가족이 탈 없이 행복했으면 하는 것뿐이에요."

진검룡이 말없이 고개를 끄떡이자 연보진은 마치 아들을 타이르듯 자상한 표정을 지었다.

"진 대협의 목표가 무엇인지는 모르겠지만 절대 서두르지 마세요. 지금 영웅문의 힘으로 검황천문과 부딪치면 백전백패할 거예요."

진검룡은 뺨을 씰룩거렸다.

"그거야 길고 짧은 것은 대봐야 아는 것 아니오?"

진검룡은 팔짱을 끼고 조금 거드름을 피웠다.

"내가 정확한 것은 모르지만 지금 영웅문이 검황천문을 상대하는 것은 계란으로 바위를 치는 격이에요."

사람 좋은 진검룡이지만 그 말에는 조금 기분이 상했다. 영웅문을 계란으로 검황천문을 바위로 비유한 것은 너무 지나치다는 생각이다.

"내가 무작정 영웅문을 깎아내리려는 것은 아니에요. 사실이 그러니까요. 검황천문은 영웅문을 상대하는 데 일 할의 세력도 사용하지 않았어요."

진검룡은 어이없는 표정을 지었다.

"그런 말도 안 되는……."

연보진은 차분하게 말했다.

"천하에서 검황천문을 상대할 수 있는 세력은 단 두 곳뿐이에요."

"그게 어디요?"

"대명제국과 천군성이에요."

"어……."

진검룡은 속에서 불끈! 하고 뭔가 치밀었다. 그가 생각하기에 검황천문이 그 정도는 아니기 때문이다.

조금 과장하면, 그가 악을 먹고 거세게 확 밀어붙이면 검황천문이 휘청거릴 것이라고 예상하고 있는 정도다. 그런데 대명제국 운운하다니 말도 안 된다.

그때 부옥령이 참견했다.

"그건 이 여자 말이 맞아요."

새파랗게 어린 그녀가 자신을 '이 여자'라고 칭했지만 연보진은 아무렇지도 않은 듯했다.

"검황천문이 영웅문을 쓸어버리겠다고 마음만 먹으면 절대 당하지 못해요."

부옥령은 '절대'에 특히 힘주어서 말했다.

천군성의 좌호법인 부옥령은 천군성 최대 적수인 검황천문의 세력에 대해서 손금 보듯이 훤하게 알고 있다.

천하에서 천군성에 대항할 수 있는 유일한 세력이 검황천문 하나뿐이기 때문이다.

진검룡은 부옥령이 허언을 하지 않는다는 것을 잘 알고 있지만 방금 그녀의 말에는 얼른 수긍이 가지 않았다. 그의 머릿속에 반박할 말이 무수히 떠올랐다.

그때 부옥령의 전음이 진검룡의 고막을 울렸다.

[주인님, 일단 본문에 돌아가서 상세히 말씀드릴게요.]

진검룡은 고개를 끄떡였다. 검황천문이 영웅문을 쓸어버리겠다고 마음만 먹으면 절대로 당하지 못한다는 말이 기분이 나쁜 데다 이해가 되지 않았지만 지금 당장 궁금해서 못 참을 정도는 아니다.

연보진은 나직한 목소리로 당부했다.

"진 대협은 좋은 분이에요. 부디 지금은 보중해서 참고 장차 대성하세요."

"고맙소."

그녀의 덕담이니까 진검룡은 고개를 끄떡였다.

"명심하세요. 영웅문이 절강성 밖으로 세력을 뻗치지 않는다면 검황천문이 무리해서 영웅문을 괴멸시키려고 들지는 않을 거예요."

진검룡은 연보진이 어째서 이렇게 자신 있게 말하는 것인지 궁금했다.

부옥령의 전음이 시기적절하게 진검룡 귀에 들렸다.

[그 이유도 본문에 돌아가서 소첩이 주인님께 자세히 설명해 드리겠어요.]

연보진이 갑자기 진검룡에게 손을 뻗었다.

슥!

민수림과 부옥령은 움찔 긴장했지만 진검룡은 태연하게 있다가 그녀에게 손을 잡혔다.

연보진은 작은 손으로 진검룡의 커다란 두 손을 그러잡고 뜨거운 눈빛으로 그를 올려다보았다.

"영웅문이 검황천문을 상대하기 위해서는 지금보다 열 배 이상 힘을 키워야지만 가능해요."

연보진은 진검룡 좌우의 민수림과 부옥령을 번갈아 쳐다보면서 말을 이었다.

"그러지 못할 것 같으면 차라리 여기에 있는 아름다운 낭자들과 조용한 곳에서 여생을 편하고 행복하게 살아요."

"네에? 그게 무슨……."

연보진은 온화하게 미소 지으며 진검룡의 손등을 가볍게 톡톡 두드렸다.

"진 대협이 아들 같아서 하는 말이에요."

"하아… 그렇소?"

"잘 가요."

연보진은 돌아서 검황고수들이 황진을 일으키면서 떼 지어 몰려가고 있는 방향으로 쏘아갔다.

아까 주루에서 진검룡의 명령 한마디면 연보진을 비롯하여 동방창승과 연운조는 모두 죽은 목숨이나 다름이 없는 상황이었다.

또한 동방창승과 연운조는 자신들이 먼저 공격을 시도했다가 극심한 중상을 입었는데, 다 죽어가는 것을 진검룡이 천신 같은 놀라운 솜씨로 살려주었다.

연보진 등은 자신들이 영웅문주를 비롯한 측근들을 충분히 해치울 수 있다고 자신만만했었는데 현실은 그 반대가 돼버린 것이다.

어쨌든 연보진과 연운조, 동방창승은 죽을 뻔한 목숨을 다시 건진 것이다. 그리고 그것을 가장 고맙게 여기는 사람이 바로 연보진이다.

진검룡은 영웅문으로 귀환했다.

귀환한 것으로 일이 끝나는 것이 아니라 몇 가지 처리해야 할 일이 남았다. 또 다른 시작인 것이다.

그중에서 가장 큰일이 막간산 동쪽 벌판의 전투에서 죽은 영웅고수들 문제다.

중상을 입었더라도 목숨이 붙어 있는 고수들은 진검룡이 치료해서 살릴 수 있겠지만, 이미 숨이 끊어진 고수들은 어떻게 해볼 방법이 없다.

영웅문의 사망자 수는 육십오 명이고 부상자는 백이십칠 명이다.

검황천문과 영웅문 합쳐서 사망자가 칠십칠 명에, 부상자가 백오십구 명인데, 검황고수는 사망자 십이 명, 부상자 삼십이 명으로 영웅문보다 훨씬 적다.

영웅문의 부름으로 절강성 전역에서 달려온 십오 개 방, 문파의 수장(首長)과 고수가 많이 죽고 다쳤는데 전체의 구 할 이상을 차지한다.

그것만 봐도 절강성 고수들의 전체 평균 수준이 영웅고수에 훨씬 못 미치는 것을 잘 알 수 있다.

영웅고수라고 해도 얼마 전까지만 해도 절강성 고수들과 별로 다를 게 없었다.

항주의 오대중방파와 항주십이소방파가 합쳐서 영웅문으로 탄생하여 모두 이를 악물고 절치부심 무공연마에 매진한 결과 일류고수가 됐던 것이다.

그런 영웅고수들에 비한다면 절강성 고수들은 지나칠 정도로 약체다.

군이 비교를 하자면 영웅고수 한 명이 절강성 고수 서너 명을 상대할 수 있을 정도다.

그런데 말이다. 그런 영웅고수가 검황고수에 비하면 또 하수인 것이다.

그나마 절강고수들보다는 형편이 좀 나아서 검황고수 한 명하고 영웅고수 두 명이 싸우면 형평이 맞을 터이다.

영웅문을 도우려고 불원천리 달려온 절강성 십오 개 방파와 문파의 수장들과 고수들은 이번 막간산전투를 치르면서 엄청난 경험을 했다.

그들은 광활한 절강성의 한 지역에서 그래도 그 지역을 지배하는 패자(霸者)로 군림했었다.

그런데 이번에 막간산전투에 참가하여 최강의 검황고수들과 생사를 건 결전을 해보니까 지금껏 눈에 씌워졌던 자만심의 콩깍지가 홀러덩 벗겨져서 자신들의 형편없는 실체를 봐버리고 말았다.

자신들에 비해서 영웅고수들이 매우 고강한 것에 놀랐는데 검황고수들은 그보다도 더 고강한 것이었다.

第九十四章

십칠문파

절강성 십오 개 방파와 문파, 그리고 복건성 신해문, 강서성 조양문 사람들은 모두 일이 정리될 때까지 당분간 영웅문에서 머무르기로 했다.

진검룡은 영웅문에 돌아오자마자 쉴 겨를도 없이 부상자들을 치료하기 시작했다.

사망자가 육십오 명이고 부상자가 자그마치 백이십칠 명이나 된다.

만약 진검룡과 민수림 등이 무영능공표를 전개해서 시간을 대폭 단축하여 격전지로 날아가지 않았더라면 희생자는 몇 배나 더 불어났을 것이다.

전각 안 대전에 들어서고 있는 진검룡과 민수림, 부옥령 등의 전면 바닥에 부상자들이 몇 줄로 길게 눕혀져 있다. 대전이 부상자들로 꽉 찼다.

외문총관 풍건이 진검룡을 한쪽으로 안내했다.

"주군, 이쪽으로 오십시오."

그가 이끈 쪽에는 수십 명이 길게 누워 있으며 대부분 중상자인데 혼절한 상태였다.

"중상자들 중에서도 위급한 순서로 눕혀놓았습니다."

"잘했네."

진검룡은 첫 번째 중상자 옆에 앉아서 재빨리 상태를 살펴보는데 누군가 딱딱하고 빠른 목소리로 말했다.

"그 사람은 검으로 오른쪽 윗배를 찔렸소. 그래서 간과 폐가 한꺼번에 다친 것 같소."

진검룡이 슬쩍 올려다보자 깡마른 체구에 허름한 무명 갈의 경장을 입었으며, 양 뺨이 움푹 들어가고 광대뼈가 나온 강퍅해 보이는 사십 대 사내가 카랑카랑한 목소리로 말을 이었다.

"이자는 소생하기 어려울 것 같소."

그는 눈이 양쪽으로 날카롭게 찢어진 탓에 눈동자가 절반밖에 보이지 않았다.

"자넨 누군가?"

진검룡이 묻자 사내는 가볍게 고개를 숙이며 대답했다.

"신해문의 의원이오."

나중에 안 일이지만 부상자들은 그가 전부 보살피고 또 분류를 해놓았다.

진검룡은 중상자들을 차례대로 죽 훑어보았다.

대충 훑어보는 것 같지만 실상 중상자 한 명 한 명의 상태를 자세히 살피는 것이다.

그런데 다 훑어본 그는 조금 뜻밖이라는 표정을 지었다. 눕혀져 있는 중상자들은 모두 십육 명인데 그들이 위급한 순서대로 정확하게 눕혀져 있는 것이다.

진검룡은 갈의 경장 사내를 쳐다보았다.

"이들 순서는 자네가 정했나?"

사내는 건조한 표정으로 고개를 끄떡였다.

"그렇소."

"자네가 신해문 의원이라고?"

"그렇소."

검황천문에 의해서 소문주를 뺏기고 멸문당한 복건성 문파가 신해문이다.

진검룡은 눕혀져 있는 십육 명의 중상자들을 손으로 훑듯이 가리켰다.

"이들 중에서 자네가 살릴 수 있을 만한 사람이 있나?"

사내는 생각할 것도 없다는 듯 고개를 가로저었다.

"한 명도 없소. 다 최악의 중상자요."

그는 한쪽 바닥에 눕혀 있는 부상자들을 가리켰다.

"저들 중에 중상자가 있지만 충분한 시일을 주면 내가 살릴 수 있는 환자들을 따로 골라놓았소. 그리고 나머지는 경상자들이오."

진검룡은 사내가 너무도 자신만만하게 대답한 것이 조금 못마땅했다.

"자네 의원이라면서?"

사내는 진검룡 앞쪽에 눕혀져 있는 중상자들을 가리켰다.

"이들 중에서 가장 덜 다친 사람을 살리려면 아마 화타가 와야 할 것이오."

사실 진검룡은 의술에 대해서는 전혀 모른다. 만약 전지전능한 순정기가 없었다면 손가락을 살짝 베인 사람을 보고서도 속수무책이었을 것이다.

민수림과 부옥령, 청랑, 은조, 풍건 그리고 신해문 의원이라는 사내가 지켜보는 가운데 진검룡은 첫 번째 중상자 오른쪽 복부의 상처에 열 호흡 정도 손바닥을 밀착시켰다가 떼었다.

신해문의 의원은 진검룡이 대체 무얼 하는지 의아한 표정으로 지켜보았다.

진검룡은 이어서 첫 번째 중상자의 가슴 한복판에 손바닥을 밀착시키고 순정기를 주입하기 시작했다.

신해문 의원은 진검룡이 치료를 할 줄 알았는데 그러지 않고 중상자의 상처에 손바닥을 밀착시켰다가 떼더니 이번에는 가슴에 손바닥을 밀착시키는 것을 보고는 답답하다는 생각이 들었다.

"이거 보시오. 지금 무엇을 하고……."

그는 말하다가 첫 번째 중상자의 오른쪽 복부의 상처가 말끔하게 사라진 것을 발견하고 움찔 놀랐다.

"어엇?"

그는 허리를 잔뜩 굽히고 중상자의 상처 부위를 부릅뜬 눈으로 쏘아보았으나 분명히 상처가 있어야 할 부위에 거짓말처럼 상처가 깨끗이 사라지고 보이지 않았다.

"어… 떻게……."

그래서 그는 첫 번째 중상자의 오른쪽 복부에 원래부터 상처가 없었던 것은 아닌지 헷갈렸다.

그가 어리둥절하고 있는데 진검룡은 첫 번째 중상자에게서 손을 떼더니 두 번째 중상자 옆에 앉았다.

신해문 의원 전오태(田午兌)는 첫 번째 중상자 옆에 앉아서 그의 손목을 잡고 진맥을 해보았다.

그런데 그때 첫 번째 중상자가 스윽! 태연하게 일어나 앉았다가 전오태를 발견하고 반가운 표정을 지었다.

"아……! 총관님!"

"으왁!"

쿠당!

전오태는 소스라치게 놀라서 뒤로 벌러덩 자빠지듯이 엉덩방아를 찧었다.

첫 번째 중상자는 복건성 신해문의 고수다.

전오태가 진맥했을 때 그는 이미 저승의 문턱을 저만치 넘어간 상태였다.

그런 그가 버젓이 일어나면서 '총관님!' 하고 부르는데 혼절하지 않은 게 다행이다.

전오태는 눕듯이 두 팔꿈치로 바닥을 짚고 첫 번째 중상자를 귀신을 본 것처럼 쳐다보았다.

"너… 어떻게 된 것이냐?"

거의 죽었다가 간신히 살아난 사람이 뭘 안다고 그에게 묻는다는 말인가.

"뭐… 가 말입니까?"

전오태는 일어나 앉아서 급히 진검룡을 쳐다보았다.

진검룡은 두 번째 중상자 치료를 끝내고 세 번째 중상자를 치료하고 있는 중이다.

전오태가 이끌리듯이 두 번째 중상자를 쳐다보는데 때마침 그가 부스스 일어나고 있었다.

"허윽!"

전오태는 기겁했다. 첫 번째 중상자 때문에 머리가 어지러운 판국에 두 번째 중상자마저 일어나 앉으니까 아예 돌아버릴 것만 같았다.

"뭐야, 이게……."

첫 번째 중상자는 전오태 수하지만 두 번째 중상자는 그가 모르는 사람이다.

그가 놀라고 있을 때 진검룡이 일어나서 네 번째 중상자에게 가고 있는 게 보였다.

"……?"

그리고 전오태는 세 번째 중상자가 부스스 일어나는 모습을 보고 몸을 부르르 세차게 떨었다.

"도대체 어떻게……."

사실 전오태는 절강성과 복건성에서 꽤나 이름을 날리던 용한 의원이었다.

항주에서 골치 아픈 사건에 휘말려서 복건성으로 도망치듯이 간 게 오 년 전이었다.

오 년 전에 그는 평소 인연이 있는 신해문에 몸을 의탁했으며, 그로부터 삼 년 후에 신해문중의 전폭적인 지지를 얻어 신해문의 총관이라는 지위에 올랐고, 지니고 있는 의술을 썩히기 싫어 자청해서 의원을 겸하고 있다.

그는 자신의 의술에 대해서만큼은 대단한 자부심을 지니고 있는데, 지금 보고 있는 이런 의술에 대해서는 보기는커녕 들어본 적도 없었다.

그는 벌떡 일어나서 홀린 듯한 걸음으로 진검룡을 향해 비칠비칠 걸어갔다.

그러는 사이에 진검룡은 벌써 다섯 번째 중상자를 치료하고 있는 중이다.

진검룡 주위에는 민수림과 부옥령, 청랑, 은조, 풍건 등이 둘러서 있는 탓에 전오태는 비집고 들어갈 틈이 없다.

그래도 이런 엄청난 광경을 무조건 봐야겠기에 틈을 비집고 들어갔다.

그런데 그게 민수림과 청랑 사이고, 그러다 보니까 전오태가 손으로 두 여자의 몸을 만지게 되었다.

청랑이 전오태를 보더니 즉시 목을 움켜잡았다.

"이놈이 죽으려고 감히!"

우두둑!

"끄으으……!"

"죽이지 마라."

진검룡이 중상자를 치료하면서 힐끗 쳐다보며 말하자 청랑은 즉시 손을 뗐다.

쿵!

그런데 전오태는 이미 목뼈가 부러져서 바닥에 쓰러지더니 몸을 부들부들 마구 떨었다.

"끄으으……."

그는 목이 꺾여서 숨을 쉴 수가 없으며, 자신이 졸지에 이런 식으로 죽게 됐다는 믿을 수 없는 사실을 깨달았다.

그때 진검룡이 왼손을 뻗어 쓰러져 있는 전오태의 목을 커다란 손으로 감싸듯이 움켜잡고 순정기를 주입했다.

스으으…….

투두둑… 우드득…….

"끄으으……."

전오태의 목에서 부러진 뼈가 맞춰지는 소리가 한동안 나더니 그가 곧 정신을 차렸다.

"음……."

그는 진검룡이 왼손으로 자신의 목을 감싸고 있는 것을 보고 방금 전에 무슨 일이 있었는지 깨달았다.

"아……."

진검룡은 오른손을 중상자의 가슴에 얹어서 치료를 하고 왼손으로 전오태를 치료한 것이다.

전오태는 방금 전에 자신의 목이 부러졌다가 이번에는 진검룡이 부러진 목을 고쳤다는 사실을 깨달았다.

도대체 어떻게 그럴 수 있는 것인지 모르지만, 진검룡이 자신을 살렸다는 사실은 분명하다.

그는 지금 다 죽어가는 중상자들을 살리고 있는 방법을 사용해서 전오태를 살렸을 것이다.

전오태는 진검룡이 어떻게 그런 간단한 방법으로 다 죽어가는 중상자들을 살릴 수 있는지 몹시 궁금했었는데, 자신이 직접 체험을 하고 나니까 백 마디 말이 다 필요가 없어졌다. 무조건 진검룡의 신기(神技)를 믿게 되었다.

"아아……"

전오태는 부스스 일어나 앉으면서 진검룡을 바라보며 눈물을 왈칵 쏟았다.

어째서 느닷없이 눈물이 폭포처럼 쏟아지는 것인지 이유를 알 수가 없다.

그는 평소에 눈물이 메마른 사람인데 지금은 제방 둑이 터진 것처럼 눈물이 쏟아졌다.

그는 진검룡이 단지 중상자들의 상처와 가슴에 손바닥을 얹는 것만으로 치료해서 살린다는 사실을 깨달았다.

전오태의 상식으로는 그런 일을 행할 수 있는 사람이 지상에 단 한 명도 존재하지 않는다.

그런 존재가 있다면 천상의 옥황상제나 부처님 정도 돼야 가능할 것이다.

그러니까 진검룡은 옥황상제나 부처님과 동격이라는 뜻이 아니고 뭐겠는가.

전오태는 몸을 세차게 부르르 떨고는 급히 자세를 고쳐 무릎을 꿇고 진검룡에게 깊숙이 고개를 숙였다.

진검룡은 일곱 번째 중상자를 살리고 나서 일어나다가 전오태를 보았다.

"너는 이름이 뭐냐?"

전오태는 움찔 놀라서 고개를 들었다가 급히 숙여 이마를 바닥에 쿵! 부딪쳤다.

"저… 전오태입니다!"

그는 아까 진검룡과 첫 대면을 했을 때 예의도 차리지 않고 뻣뻣했었는데 지금은 부처님을 알현한 불자처럼 정신이 하나도 없는 상태다.

"이제부터 날 따라오면서 부상자들이 어디가 얼마나 다쳤는지 설명하고 내가 수월하게 치료할 수 있도록 상처 부위를 드러내도록 해라."

"아……"

전오태는 잠시 동안 멍한 표정으로 앉아 있다가 뒤늦게 진검룡이 한 말뜻을 깨닫고 무릎걸음으로 후다닥 기어서 진검룡을 앞서갔다.

전오태는 진검룡이 치료하고 있는 여덟 번째 중상자 다음 차례 중상자의 상처 부위인 등쪽이 드러나게 엎어놓고서 무릎을 꿇은 채 기다렸다.

전오태는 중상자들을 자세히 둘러볼 시간이 부족했을 텐데도 중상자들 상태에 대해서 잘 파악하고 있었다.

진검룡이 중상자를 비롯해서 부상자 백이십칠 명 전원을 치료하고 나니까 저녁 유시(酉時:저녁 6시경)가 되었다.

대전 바닥에는 이미 죽었다고 봐도 좋을 극심한 중상자 스물다섯 명을 비롯하여, 부상자 백이십칠 명이 눕거나 앉아 있었는데 지금은 모두 일어나서 한쪽에 몇 개의 대열을 이루어 서 있다.

민수림과 부옥령, 청랑 등은 진검룡이 치료를 하는 두 시진 반 동안 그의 곁을 지켰다.

그들은 조금도 흐트러지지 않고 관심 깊게 그를 바라보거나 보필했다.

민수림은 가끔 진검룡의 어깨를 주물러 주었으며, 부옥령은 땀을 닦아주었고, 청랑은 몇 번이나 그가 마실 물을 떠 왔다.

두 시진 반이 지난 현재, 전오태와 부상자 백이십칠 명은 진검룡을 마치 천신처럼 바라보고 있다.

그들은 진검룡이 백이십칠 명의 부상자들을 한 명도 남기지 않고 모조리 깨끗하게 치료하는 과정을 두 눈으로 똑똑히 목격했다.

진검룡이 다 죽어가는 극심한 중상자들부터 치료했기 때문에 경상자들은 그 과정을 처음부터 끝까지 지켜보았기에 어떤 일이 벌어졌는지 잘 알고 있다.

그리고 먼저 치료가 끝낸 중상자들은 다른 중상자들과 부상자들이 치료를 받는 과정을 빠짐없이 지켜보았다.

백이십칠 명의 부상자들보다 몇 배나 더 진검룡을 존경하고 흠모하게 된 사람은 누가 뭐래도 전오태다.

그는 치료 과정을 처음부터 끝까지 하나도 빼놓지 않고 지켜보았기에 진검룡이 얼마나 위대하며 신묘한 신기를 지니고 있는지 뼛속 깊이까지 잘 알게 되었다.

*　　　　*　　　　*

진검룡은 조금 피곤한 얼굴이지만 미소를 지으며 백이십칠 명을 둘러보았다.

"다들 어떤가? 괜찮은가?"

"괜찮습니다―!"

백이십칠 명이 한꺼번에 큰 소리로 대답을 하자 전각이 쩌르릉 울렸다.

"애썼다. 오늘은 푹 쉬어라."

한 명이 바락바락 악을 썼다.

"하늘 같은 은혜를 입었습니다! 죽을 때까지 절대로 잊지 않겠습니다!"

그는 목이 터지게 외치고 나서 그 자리에 무너지듯이 무릎을 꿇고 납작하게 부복했다.

그러자 전체 백이십육 명과 전오태까지 한꺼번에 우르르 부복하면서 우렁차게 외쳤다.

"하늘 같은 은혜를 잊지 않겠습니다—!"

전각 전체가 웅웅! 거세게 떨어 울렸다.

진검룡은 가볍게 고개를 끄떡이고 나서 대전 입구로 걸음을 옮기며 물었다.

"지금 상황은 어떤가?"

부옥령이 진검룡 곁을 바싹 따르면서 공손히 대답했다.

"전원 본문에서 묵고 있어요."

"칠천여 명 전원 말이냐?"

"네. 본문 연무장이나 마당, 후원 등 곳곳에 수백 개의 대형 포붕(布棚:천막)을 쳐서 그곳에서 숙식을 해결하도록 했으며, 식량과 이불, 의복 등을 넉넉하게 지급했어요."

보고는 부옥령이 하고 있지만 사실 총무전과 내문총당에서 다 한 일이다.

진검룡은 대전을 나가면서 지시했다.

"그들에게 술을 줘라."

긴 행군을 하고 싸움을 하고 나서 또 행군을 해서 돌아왔으니까 다들 지쳐서 술 생각이 간절할 것이다.

"알겠어요."

진검룡을 처음 만났을 때에는 술을 매우 싫어하고 마시지 못했으나 지금은 술이라면 환장을 하게 된 부옥령이 노래하듯이 즐겁게 대답했다.

그때 급히 뒤따라 나온 전오태가 진검룡을 불렀다.

"문주! 잠시만 기다려 주십시오……!"

진검룡이 걸음을 멈추고 돌아서자 전오태가 그의 앞에 무릎을 꿇으며 외치듯이 말했다.

"저를 거두어주십시오……!"

진검룡은 빙그레 미소 지었다.

"자네 문주에게 허락을 받았는가?"

"허락받겠습니다."

진검룡은 고개를 끄떡였다.

"허락을 받은 다음에 얘기하자."

"감사합니다!"

전오태는 바닥에 납작하게 엎드렸다.

진검룡이 쌍영웅각으로 들어가고 있을 때 강비가 달려와서 예를 갖추었다.

"주군."

"어떻게 됐느냐?"

강비는 허리를 굽혀 예를 취하고 나서 대답했다.

"검황천문 고수들이 북상하여 강소성 경내로 들어가는 것을 확인했습니다."

"수고했다."

강비는 조금 전에 진검룡이 나온 전각을 쳐다보면서 의아한 표정을 지었다.

"주군, 그런데 전 명의(名醫)가 주군께 부복하고 무슨 말을 했습니까?"

진검룡은 조금 전에 수하로 거두어달라고 말한 전오태를 얘기하는 것이라고 짐작했다.

"그의 별호가 전 명의더냐?"

"오 년 전까지만 해도 항주에서는 전 신의(神醫)니 전 명의니 하고 부르면서 칭송이 자자했었습니다."

진검룡이 쌍영웅각 안으로 들어가면서 강비더러 들어가자는 고갯짓을 해 보였다.

"자세히 설명해 봐라."

"오 년 전까지만 해도 전 명의는 항주를 중심으로 이백여 리 일대에서 가장 존경받는 의원이었습니다. 그를 능가하는 의원이 없었습니다."

"그런데?"

"그 당시에 항주의 금지옥엽 성주 딸이 괴질에 걸렸는데, 전 명의는 그녀를 고치지 못하고 불구로 만들었다는 죄를 뒤집어쓰고 전 명의네 가족이 모두 성주의 저택 뇌옥에 감금되는 일이 벌어졌습니다."

강비는 얼굴을 찌푸렸다.

"그때 전 명의는 성주 딸보다 먼저 와 있던 훨씬 더 급한 환

자를 치료하고 있었습니다. 그래서 성주 딸을 치료할 겨를이
없었습니다."

먼저 온 더 위중한 환자가 있다고 성주의 딸을 외면했다니
전오태의 성격을 알 만하다.

부옥령이 쌍영웅각 이 층의 대회실로 안내했다.

"모두 회의실에 모여 있습니다."

진검룡은 민수림의 팔을 잡고 계단을 오르면서 강비에게
계속 얘기하라고 턱짓을 해 보였다.

"전 명의는 부자라고 치료를 잘해주고 가난하다고 치료해
주지 않는 사람이 아닙니다. 그의 신조는 더 아픈 사람과 먼
저 온 사람부터 치료하는 것입니다."

"흠, 괜찮은 친구로군."

"결국 전 명의가 치료하지 않아서 성주의 딸은 앉은뱅이가
됐습니다. 성주는 노여움이 폭발해서 전 명의 가족을 모두 처
형하겠다고 펄펄 뛰었는데, 앉은뱅이가 된 성주 딸이 눈물로
만류해서 전 명의와 가족이 항주성 뇌옥에 투옥되는 것으로
그쳤답니다."

진검룡은 대회의실 앞에서 잠시 걸음을 멈추고 강비의 설
명을 마저 들었다.

"성주는 전 명의 가족을 볼모로 잡은 채 자신의 딸을 한 달
안에 고치지 못하면 그를 죽이겠다고 협박을 했습니다. 그렇
지만 전 명의는 한 달 안에 성주 딸을 치료하지 못했으며 결

국 가족을 놔두고 혼자 탈출을 했습니다."

진검룡은 눈살을 찌푸렸다.

"제 목숨이 아까워서 가족들을 내버리고 혼자서 탈출했다는 말이냐?"

강비가 목소리를 낮추었다.

"소문에 의하면 성주 딸이 전 명의를 도와서 탈출시켰다는 말이 있습니다."

"성주 딸이?"

"네. 성주 딸이 전 명의 가족들을 보호하겠다면서 전 명의에게 몸을 피하라고 했답니다."

"음… 그럴 수도 있겠군."

"이후 전 명의는 복건성으로 도주해서 신해문에 몸을 의탁하여 오늘에 이른 겁니다."

진검룡은 강비의 말을 들으면서 대회의실로 들어섰다.

넓은 대회의실에는 커다란 타원형의 탁자 하나가 놓여 있으며 그 위에 산해진미와 술이 가득 차려져 있다.

대회의실에는 여러 개의 커다란 탁자들이 많이 있는데, 지금은 그것들을 하나로 붙여서 모두 둥글게 빙 둘러앉을 수 있도록 했다.

실내에는 영웅문 간부급들과 복건성 신해문과 강서성 조양

문 문주들, 그리고 절강성에서 모인 열다섯 개 방파와 문파의
수장들이 둘러앉아 있다.

진검룡 일행이 대회의실로 들어가자 실내에 있던 사람들이
일제히 일어섰다.

영웅문 간부급들이 포권을 하며 깊숙이 허리를 굽혔
다.

"주군을 뵈옵니다!"

신해문과 조양문을 비롯한 십오 개 방파와 문파의 수장들
은 포권을 하며 정중하게 고개를 숙였다.

영웅문 간부급을 제외한 방파와 문파의 수장 십칠 명은 민
검룡 좌우에 서 있는 민수림과 부옥령을 보고는 크게 놀라는
표정을 지었다.

그들로서는 머리털 나고 처음 보는 천하절색의 미녀가 두
명이나 눈앞에 서 있기에 정신을 차리지 못하고 눈만 껌뻑거
리면서 그녀들을 주시했다.

진검룡이 두 손으로 앉으라는 동작을 취했다.

"모두 앉읍시다."

중인들은 진검룡과 민수림, 부옥령이 앉기를 기다렸다가 조
용히 자리에 앉았다.

진검룡이 청랑과 은조에게 고개를 끄떡였다.

"너희도 앉아라."

진검룡 오른쪽에 민수림이, 왼쪽에 부옥령이 앉았으

며, 은조가 민수림 옆에 앉고, 청랑이 부옥령 옆에 앉았다.

외문총관 겸 총당주인 풍건이 일어나서 좌중을 둘러보면서 웅혼한 목소리로 말했다.

"한 명씩 주군께 인사를 올리시오."

복건성까지 다녀온 훈용강이 옆에 앉은 사십 대 중반의 장한에게 말했다.

"인사 올리시오."

삼십 대 중반의 나이에 당당한 체구, 키가 크고 어깨가 딱 벌어진 장한은 진검룡에게 정중히 포권했다.

"신해문주 선무건(宣武建)이오."

그는 전대 신해문주인 선중학(宣仲鶴)의 친동생이다. 선중학은 신해문이 검황천문에게 멸문당할 때 죽었으며, 당시 총관이었던 선무건이 문주의 지위에 올랐다.

선무건은 일어선 채 진검룡을 보며 진중하게 말했다.

"우선 검황천문을 상대하는 싸움에 본문을 불러준 것에 대해서 진심 어린 감사를 드리는 바이오."

신해문은 삼 년 전에 멸문당하여 무림에서 완전히 흔적이 사라져 버린 문파였다.

멸문에서 간신히 살아남은 소수의 잔존세력이 있다고는 하지만 어느 누구도 그들을 신해문의 맥을 잇는 세력이라고 쳐주지 않았다.

또한 검황천문이 수시로 신해문 잔존세력을 토벌하기 위해서 살수를 뻗치는 바람에 한곳에 붙박여 살지도 못하고 떠돌이 신세가 되고 말았다.

그러므로 신해문 잔존세력의 삶이란 것은 궁핍하고 피곤하기 짝이 없으며, 그와 비례하여 검황천문에 대한 원한은 골수에 맺힐 지경이 되었다.

그처럼 천대받는 신해문 잔존세력을 절강성의 절대자인 영웅문이 친히 불러주었으니 고마운 일이 아닐 수가 없다.

진검룡은 빙그레 미소 지었다.

"별말을… 신해문이 와주어서 무척 기쁘오."

"과찬이오. 몸 둘 바를 모르겠소."

사실 신해문 잔존세력은 오십 명이 채 되지 않는다.

그렇게 적은 수로 영웅문을 돕겠다고 달려와 준 것이다.

다음에 일어난 인물은 사십 대 장한이며 키가 크고 후리후리하며 날카로운 인상을 지녔다.

그는 진검룡에게 정중히 포권했다.

"강서 조양문의 권부익(權扶翼)이오."

진검룡은 신해문과 조양문, 그리고 절강성 전역에서 모여든 십오 개 방파와 문파의 특성과 수장들에 대해서 이미 현수란과 훈용강, 강비 등에게 자세한 설명을 들었다.

진검룡은 고개를 끄떡였다.

"잘 오셨소."

신해문은 검황천문에 멸문을 당했지만 강서성 조양문은 아직도 건재하다.

조양문주 권부익이 검황천문의 멸문 위협에 무조건 항복을 했기 때문이다.

이어서 절강성 십오 개 방파와 문파의 수장들이 차례로 일어나서 예를 갖추며 인사를 했다.

조양문과 신해문을 비롯한 십칠 개 방파와 문파들은 진검룡에게 최대한 깍듯하게 예의를 갖추었다.

진검룡이 남천무림을 통틀어서 검황천문에 적대하여 전쟁을 벌이고 있는 유일한 문파인 영웅문의 문주이기 때문에 존경심을 표하는 것이다.

다시 말하면 진검룡의 부름에 달려와 준 십칠 개 방파와 문파들은 모두 검황천문에 원한이 있으며, 그래서 검황천문과 싸울 의향이 있다는 뜻이다.

아니, 실제로 이들은 이틀 전에 영웅문과 함께 막간산 동쪽 벌판에서 검황천문의 삼천사백여 고수들을 상대로 생사혈전을 벌였었다.

진검룡은 천천히 좌중을 둘러보고 나서 진중한 어조로 말문을 열었다.

"우리와 함께 싸워주어서 고맙소."

중인들은 조용히 진검룡을 주시했다.

"막간산전투에서 죽은 사람들에 대해서는 본문이 최선을 다하여 보답하겠소."

절강성 십오 개 방, 문파 중 한 명의 수장이 의아한 표정으로 물었다.

"어떻게 보답하겠다는 것이오?"

"남은 가족을 책임지겠소."

십칠 개 방파와 문파의 수장들은 적잖이 놀랐다.

영웅문이 이렇게까지 나올 줄은 전혀 예상하지 못했기 때문이다.

진검룡이 진지하게 말했다.

"그들은 숭고하게 희생되었으니 남은 가족을 보살피는 것은 당연하오."

진검룡이 유려를 보면서 가볍게 고개를 끄떡이자 그녀가 일어나서 또박또박 말했다.

"유족들이 원하는 것을 해주겠어요."

"무엇을 원하든지 말이오?"

"그래요."

유려는 십칠 명의 수장들을 둘러보면서 조용한 목소리로 말을 맺었다.

"당신들은 유족들에게 무엇이 필요한지 알아보고 나서 내게 말해주세요."

유려가 앉자 신해문주 선무건이 진검룡을 보면서 조심스럽게 말문을 열었다.

"문주, 청이 있소이다."

"말해보시오."

선무건은 일어나서 두 손을 앞으로 모았다.

"본문을 휘하로 거두어줄 수 있겠소?"

다들 짐작했다는 듯한 표정을 지었다.

第九十五章

하극상

　진검룡은 조용한 목소리로 물었다.

　"어떻게 해주기를 원하시오?"

　"신해(新海)라는 이름을 쓰도록 허락해 주시오."

　"신해문은 몇 명이오?"

　"나를 포함해서 사십칠 명이오."

　진검룡은 어떻겠느냐는 듯 외문총관 풍건을 쳐다보았다.

　풍건은 공손히 말했다.

　"한 개 당을 만들기에는 인원이 적습니다."

　선무건은 씁쓸한 표정을 지었다. 영웅문의 일 개 당은 최소한 칠팔십 명에서 최대 백오십여 명까지다. 그런데 사십칠 명으로 하나의 당을 만드는 것은 무리다.

그때 훈용강이 공손히 고개를 숙였다.

"주군, 신해문을 속하에게 맡기시겠습니까?"

"어쩌려는 것이냐?"

"속하의 충혈당 휘하에 신해향(新海香)을 두겠습니다."

진검룡은 선무건에게 물었다.

"그러는 것은 어떻소?"

선무건은 환한 표정을 지었다.

"그렇게 해준다면 더할 나위가 없소이다."

훈용강은 복건성으로 신해문을 포섭하러 갔었는데 그 과정에 선무건과 많이 친해졌다.

선무건과 신해문 사람들에게 진검룡에 대해서 설명을 해주고 또 신해문에 대해서도 잘 알게 되었다.

중인들은 또한 훈용강이 복건성은 물론이고 절강성이나 강서성, 귀주성 일대에서 명성이 쟁쟁한 삼절사존이라는 사실을 잘 알고 있다.

삼절사존은 복건성 사도무림의 절대자이며 삼절맹의 맹주이기에 복건성이나 절강성, 강서성 등지에서는 그를 죽음의 신 사신(死神)처럼 여긴다.

그런데 삼절사존이 영웅문의 일개 당주라는 사실을 알고서 혼비백산 놀라고 말았다.

그런 사실은 반대로 진검룡의 위상을 한없이 높여주었다.

진검룡이 얼마나 대단하면 삼절사존을 일개 당주로 휘하에 두겠는가 말이다.

진검룡은 고개를 끄떡였다.

"그럼 그렇게 하시오. 그리고 신해문은 언제든지 본문을 떠나도 좋으며, 신해문을 재건할 때에는 본문이 전력으로 돕도록 하겠소."

선무건은 뜨거운 인두로 가슴 한복판을 푹! 지진 것 같은 표정을 지었다가 겨우 말했다.

"고… 맙소."

훈용강이 지적했다.

"귀하는 이제부터 주군께 예를 갖추도록 하시오."

"아……."

선무건은 깜짝 놀라서 벌떡 일어나 뒤로 두 걸음 물러났다가 진검룡을 향해 바닥에 부복을 했다.

"선무건이 주군을 뵈옵니다."

신해문주 선무건이 제일 먼저 활시위를 당기자 나머지 십육 명의 수장들 얼굴에 긴장감이 떠올랐다.

잠시 동안의 침묵이 흐른 후에 한 사내가 벌떡 일어나더니 외치듯이 말했다.

"불초는 상산(象山) 예검장(銳劍莊)의 장주 황연덕(黃延德)이라고 하오."

상산은 절강성 중부지방 동해 바닷가에 있는 매우 번성한 현이다.

그는 조금 떨리는 그러나 힘 있는 목소리로 말을 이었다.

"본 장을 받아주시오."

"어떻게 해주기를 원하오?"

진검룡은 조금 전에 선무건에게 물었던 질문과 똑같은 것을 물었다.

예검장주 황연덕은 조금 머뭇거리다가 대답했다.

"본 장을 영웅문의 분타로 삼으면 안 되겠소?"

"분타로… 말이오?"

진검룡으로서는 한 번도 생각해 본 적이 없는 얘기다.

"본 장의 기반이 상산에 모두 있어서 그곳을 떠날 수는 없으니 분타로 삼아주면 좋겠소."

"이유는?"

"상산에는 검황천문의 비호를 받고 있는 청천방(靑天幇)이 있는데 상산제일방이오."

부옥령이 진검룡에게 고개를 숙였다.

"제가 말하겠습니다."

그녀는 상산현 예검장주 황연덕을 날카롭게 응시하며 위엄 있게 말했다.

"청천방이 검황천문의 비호를 받는다는 증거가 뭐죠?"

항주를 지나서 동남쪽으로 사백여 리를 가야지만 상산이 나오는데 검황천문이 거기까지 손을 뻗었다는 사실을 확실하게 짚고 넘어가겠다는 뜻이다.

황연덕은 흥분을 가라앉히려는 듯한 얼굴로 대답했다.

"첫째, 청천방이 상산에서 걷어 들인 돈을 매월 남경으로 보내고 있으며, 그걸 우리가 매번 확인하고 있소."

검황천문이 문어발처럼 강남 곳곳에 세력을 넓히고 있는 가장 큰 목적이 돈이다.

며칠 전에 검황천문 태문주의 정실부인 연보진도 영웅문과 협상을 하는 과정에 매월 거금을 검황천문에 바치라고 진검룡에게 요구했었다.

검황천문은 상상하는 것보다 훨씬 더 거대한 세력이라서 운영하는 데 막대한 자금이 필요할 것이다.

무림의 대방파들이 그렇듯이 검황천문도 상단을 운영하고 있지만 거대한 검황천문을 풍족하게 꾸려 나갈 정도는 아닌 것 같다.

황연덕의 말이 이어졌다.

"청천방은 이 년 전까지만 해도 본 장보다 훨씬 열세였으며 상산에서 이류의 방파로 영향력도 전혀 없었소. 그랬는데 검황천문에서 일류고수 열 명을 보내준 이후부터 상산제일방파가 된 것이오."

"검황천문에서 보냈다는 일류고수 열 명을 당신이 직접 확인했나요?"

"물론입니다. 이 년 전에 청천방이 본 장에 시비를 걸어서 싸움이 벌어졌을 때 그들이 나섰었소."

"어땠죠?"

"상산에서는 그들 열 명을 상대할 만한 고수가 한 명도 없었소. 그 싸움에서 본 장은 대패했으며 이십여 명이 죽었고 오십여 명이 부상을 당해서 사실상 폐장된 것이나 다름이 없는 상황이었소."

"혹시 청천방에게 패배하기 전까지는 예검장이 상산제일방파였나요?"

"그랬었소. 청천방은 본 장을 굴복시킨 이후 상산의 내로라하는 방파들을 차례로 공격해서 굴복시켰소. 그러고는 두어 달 만에 상산제일방파가 된 것이오."

그때 조양문주 권부익이 가라앉은 목소리로 말했다.

"그러는 것이 검황천문의 전형적인 수법이오. 강서성 남창의 적도방도 그렇소."

적도방은 남창의 제이방파였지만 검황천문의 도움으로 조양문을 누르고 제일방파가 됐었다.

부옥령이 권부익에게 물었다.

"적도방에는 검황천문 고수가 몇 명이나 있죠?"

"삼십 명쯤 되오."

검황천문 고수가 상산 청천방에는 열 명이 있는데 남창 적도방에는 삼십 명이 있다는 것이다.

적도방은 강서성 전체에서 제일방파이고 청천방은 일개 현인 상산제일방이기 때문이다.

부옥령은 모두를 둘러보면서 말했다.

"영웅문의 분타가 되기를 원하는 방파가 더 있나요?"

그러자 많은 사람들이 우르르 손을 들었다.

조양문주 권부익과 세 명을 제외한 십삼 명이 손을 들었다.

부옥령은 권부익을 비롯하여 손을 들지 않은 세 명을 가리키면서 물었다.

"어떻게 하길 원하죠?"

권부익이 정중한 얼굴로 말했다.

"영웅문이 본문을 도와서 함께 적도방을 공격하여 단숨에 괴멸시킵시다."

전혀 예상하지 못한 말에 중인들이 낮은 탄성을 터뜨리면서 놀랐다.

그러나 진검룡과 민수림, 부옥령 등은 권부익이 그런 요구를 할 수도 있을 것이라고 예상했었다.

권부익은 자신의 말에 진검룡과 부옥령이 놀라지 않는 것을 보고 조금 더 용기를 냈다.

"적도방을 괴멸시켜 주면 본문이 강서무림을 일통하여 검황천문과 대적하겠소."

부옥령이 조금 날카롭게 물었다.

"강서무림의 일통으로 검황천문을 상대할 수 있겠어요? 조양문은 원래 그렇게 하지 않았나요? 그런데도 검황천문에게 맥없이 무너졌지요?"

권부익의 얼굴이 굳어졌다.

"그랬었소."

권부익은 생각해 둔 것이 있으므로 지체 없이 그러나 정중하게 대답했다.

"그래서 영웅문이 도와주기를 원하오."

부옥령이 물었다.

"우리는 뭘 얻죠?"

권부익은 즉답했다.

"본문을 영웅문 남창분타로 삼으시오."

"아……."

"으음……."

좌중에서 나직한 탄성과 신음이 흘러나왔다.

영웅문 간부급들은 예상하고 있었다는 듯 가만히 있는데 신해문과 예검장을 비롯한 외부인들이 크게 놀라는 표정으로 탄성을 터뜨렸다.

비록 영웅문이 단시일 동안에 항주를 장악하여 항주제일문파가 되었다고는 하지만 아직은 절강제일문파라고 하기에 무리가 따른다.

왜냐하면 절강무림의 수많은 방파와 문파들이 그 사실을 인정하지 않기 때문이다.

검황천문은 항주와 인근 이백여 리를 영웅문에 내주었을 뿐이지만 여전히 실질적으로 절강성 전역을 구석구석까지 지배하고 있다.

상산의 청천방이 그 좋은 예다. 절강성 각 지역에는 청천방 같은 수십 개의 방파들에 검황천문 고수들이 파견을 나와 있으며, 그 덕분에 자신의 지역을 지배하고 있는 그 방파들은 매월 거금을 검황천문에 상납하고 있는 것이다.

그렇지만 조양문은 얼마 전까지만 해도 명실상부한 강서성 전체의 제일문파였다.

그 말은 강서무림의 거의 모든 방파와 문파들이 조양문에 고개를 숙인다는 뜻이다.

강서무림의 현재의 패자는 적도방이지만 그래도 오랜 세월 동안 강서무림의 패자였으며 평화롭게 지배했던 조양문을 여전히 인정하고 있기 때문이다.

그러므로 무림에서 차지하고 있는 명성은 영웅문보다 조양문이 훨씬 클 수밖에 없다.

하지만 현실은 많이 다르다. 영웅문은 몇 차례에 걸쳐서 검황천문의 고수들을 물리치고 전멸시켰다.

그리고 이틀 전 영웅문은 막간산에서 검황천문 태문주의 정실부인과 삼장로, 우호법, 중문주가 이끄는 최정예고수 삼천오백여 명을 깨끗하게 물리쳐서 돌려보냈다.

그 과정에 검황천문이 자랑하는 최정예 이각사전 중에서 사전의 청룡전을 영웅문이 전주를 비롯해 청룡고수 백여 명을 깡그리 도륙해 버렸다. 그로써 검황천문에 당분간 청룡전은 없을 것이다.

권부익으로서는 그 내막에 어떤 깊은 사정이 있는지는 모르지만, 어쨌든 항주의 지배자 영웅문이 강남 즉, 남천무림의 절대자인 검황천문을 눈 아래로 내려다보면서 끄떡도 하지 않는다는 사실만은 분명하게 알고 있다.

조양문이 스스로 몸을 굽혀서 영웅문의 일개 지부가 되겠다는 말에 좌중은 한동안 무거운 침묵이 흘렀다.

권부익이 진검룡을 보며 조심스럽게 말했다.

"영웅문은 그럴 힘이 있지 않소?"

부옥령은 미간을 좁혔다.

"주군과 의논을 해봐야겠어요."

그녀는 연보진이 헤어지기 전에 진검룡에게 했던 말 때문에 권부익의 요구를 꺼리고 있는 것이다.

즉, 영웅문이 절강성을 벗어나지 않으면 검황천문도 영웅문을 공격하지 않겠다고 했던 말이다.

권부익과 선무건, 황연덕 등은 부옥령이 영웅문의 제이인자 좌호법이라는 사실을 알고 있다.

그런데 그녀가 권부익의 요구에 선뜻 응하지 않고 진검룡과 의논해 봐야겠다는 식으로 미루자 중인들은 권부익의 요구가 받아들여지지 않는 것이라고 생각했다.

그때 진검룡이 민수림 잔에 술을 따르면서 조용히 말했다.

"막간산에서 헤어지기 전에 검황천문 대부인이 한 가지 제안을 했었소."

모두의 긴장된 시선이 진검룡에게 집중됐다.

"영웅문이 절강성 밖으로 나오지 않는다면 검황천문이 영웅문을 공격하지 않도록 해보겠다고 말이오."

"아……."

"그런 말을……."

연보진의 그 말은 영웅문이 절강성의 지배자라는 사실을 검황천문이 인정한다는 뜻이다.

또한 검황천문이 영웅문을 괴멸시키려고 여러 차례나 공격했다가 전멸을 당하거나 불미스럽게 후퇴한 일에 대해서 몹시 피로감을 느끼고 있다는 얘기다.

어쨌든 검황천문이 영웅문을 중요한 존재로 여기게 된 것만은 분명하다.

진검룡의 말을 듣고 권부익을 비롯한 몇 사람의 얼굴이 돌처럼 굳어졌다.

진검룡이 검황천문 대부인의 말대로 한다면 영웅문이 절강성 밖으로 나가지 말아야 한다.

즉, 영웅문이 절강성 밖 강서성 남창에 있는 적도방을 공격하지 않을 것이라는 얘기다.

영웅문이 적도방을 공격했다가는 검황천문과 계속 적대하겠다는 뜻이기 때문이다.

"음!"

곽부익은 묵직한 신음을 흘리며 고개를 숙였다. 영웅문에게 도움을 바라고 자파의 고수들을 이끌고 먼 항주까지 왔는데 일이 틀어져 버리게 된 것이다.

*　　　　　*　　　　　*

조양문주를 데리러 강서성 남창으로 갔다가 온 태동화가 조심스럽게 진검룡을 불렀다.

"주군."

"뭔가?"

"드릴 말씀이 있습니다."

"해보게."

태동화는 자세를 바로 했다.

"주군께선 항주를 비롯한 절강성을 평화롭게 만드는 것으로 만족하십니까?"

진검룡은 태동화가 무슨 말을 할지 짐작하고 빙그레 엷은
미소를 지었다.

"아니야."

진검룡은 영웅문의 간부급들에게 자신의 포부가 무엇인지
밝힌 적이 있었다.

그의 포부는 검황천문을 괴멸시켜서 항주와 절강성은 물론
이고 강남무림을 평화롭게 만드는 것이다.

그러니까 태동화를 비롯한 간부급들은 진검룡이 검황천문
대부인의 회유에 절대로 흔들리지 않을 것이라는 사실을 잘
알고 있다.

"주군, 그러시면 조양문을 도와서 적도방을 괴멸시켜 주실
수 있으십니까?"

권부익은 초조한 표정으로 진검룡을 응시했다.

진검룡은 술잔을 들면서 선선히 고개를 끄떡였다.

"그렇게 하지."

권부익의 얼굴이 확 밝아졌다.

태동화는 걱정하지 말라는 듯 권부익을 보면서 미소 지으
며 가볍게 고개를 끄떡였다.

권부익은 크게 기뻐서 어쩔 줄 몰라 하면서 열띤 얼굴로 진
검룡에게 확인했다.

"정말이오? 우리와 함께 적도방을 공격해 주겠소?"

"그러겠소."

권부익은 기뻐서 벌떡 일어났다.

"우리에게 원하는 것이 무엇이오?"

진검룡은 빙그레 미소 지었다.

"귀하는 조금 전에 조양문이 본문의 남창지부를 하겠다고 말하지 않았소?"

"그것은 당연한 거고 다른 걸 더 원하지 않소?"

"없소."

권부익은 눈을 껌뻑거리면서 진검룡을 쳐다보다가 조심스럽게 물었다.

"그런데 영웅문의 목적은 무엇이오? 어째서 본문과 여러 방파와 문파들을 도와주는 것이오?"

그것은 모두들 몹시 궁금하게 여기고 있는 점이다. 만약 영웅문이 다른 흑심을 품고 있다면 호랑이를 피하려다가 늑대를 만나는 격이 되고 말 테니까 말이다.

권부익이나 선무건, 황연덕을 비롯한 외부인들은 진검룡하고 한 지붕 아래에서 한솥밥을 먹어보지 못했기 때문에 그의 속내를 전혀 알 수가 없다.

무거운 침묵이 내려앉은 가운데 내부인이든 외부인이든 모두 진검룡을 주시했다.

내부인은 진검룡의 신념 같은 그 말을 다시 한번 듣고 싶은 것이고, 외부인은 몰라서 들으려는 것이다.

탁…….

진검룡은 술잔을 내려놓고 천천히 좌중을 둘러보고 나서 조용한 목소리로 말문을 열었다.

"강도가 선량한 백성 집에 들어와서 사람을 죽이고 재물을 약탈한다면 여러분은 어떻게 할 것이오?"

영웅문의 목적이 뭐냐고 물었는데 뜬금없이 강도가 백성 집에 약탈하러 들어가는 얘기를 하자 외부인들은 의아한 표정을 지었다.

그러자 권부익이 당연하다는 듯 대답했다.

"강도를 때려잡아야 하지 않겠소?"

진검룡은 빙그레 미소 지으며 고개를 끄떡였다.

"맞소. 그게 내 목적이오."

"아……."

"오… 그렇군요……!"

머리가 잘 돌아가는 몇몇 사람들은 그 즉시 말뜻을 알아듣고 나직한 감탄을 흘렸다.

알아듣지 못한 사람들은 두리번거리면서 옆 사람에게 무슨 뜻이냐고 소곤거리며 물었다.

진검룡이 정리했다.

"강도는 검황천문이고 우린 백성이오. 우린 그들에게 아무런 해도 입히지 않았으나 그들은 우리를 약탈하고 착취하기 위해서 지배하려 하고 있소."

"아······."

"그런 뜻이······."

강도의 뜻을 몰랐던 사람들이 고개를 크게 끄떡이며 나직이 감탄했다.

다들 고개를 크게 끄떡이면서 공감했다.

"그렇소."

"맞는 말씀이오······!"

여기에 있는 수장들은 자신들의 지역을 지배하고 있는 제일방파들에게 매월 일정 금액의 상납금을 바치느라 허리가 휠 지경이다.

제일방파들은 자신의 지배하에 있는 수십 개 방파와 문파들에게 과중한 상납금을 거두고 있는데 평균 황금 백 냥 정도의 금액이다.

황금 백 냥이면 은자로 오천 냥이다. 그 정도 거금이면 일개 중간급 방파나 문파의 한 달 운영비를 훌쩍 넘는다.

만에 하나 상납금을 바치지 못하여 서너 달 밀리게 되는 경우에는 심하면 방파나 문파가 봉문(封門)이라는 최악의 징벌을 받는다.

봉문은 방파나 문파를 잠정적으로 닫는 것이다. 아예 방파나 문파를 해체하는 폐문 직전의 강제적 단계이니까 매우 강한 징벌이다.

물론 제일방파들은 수십 개의 방파와 문파들에게서 거둔

상납금을 모아서 검황천문에 보낸다.

영웅문이 지배하는 항주 인근을 제외한 절강성의 거의 대부분의 방파와 문파들은 그렇게 간접적으로 검황천문에 재물을 약탈당하고 있는 것이다.

진검룡은 술을 마시고 나서 말했다.

"우리가 힘을 모으면 강도를 잡을 수 있소."

중인들 얼굴에 강한 의지가 떠올랐다.

진검룡의 진심을 알게 된 외부인들은 코에서 뜨거운 김이 뿜어질 정도로 흥분했다.

술을 마시면서 긴밀한 대화가 계속됐다.

복건성 신해문의 잔존세력 사십칠 명은 영웅문 외문 훈용강의 충혈당 휘하로 들어가 신해향을 만들기로 했다.

상산의 예검장은 영웅문의 상산분타가 되기로 했으며, 그밖에 열두 개 지역의 열두 개 방파와 문파가 영웅문의 분타가 되기를 자청했다.

그들 십삼 개 방파와 문파들은 자신들의 지역에서 한때 제일방파였다가 제이방파나 제삼방파로 밀려난 뼈아픈 과거를 공통적으로 지니고 있다.

그 지역들에서 예전에 제이방파였거나 그보다 못한 방파였다가 검황천문의 도움을 받은 방파들이 현재 제일방파로 군림하면서 검황천문의 실질적인 지부나 분타 역할을 하며 폭정을 휘두르고 있다.

강서성 조양문은 눈엣가시인 적도방을 괴멸시킨 후에 영웅
문의 강서성 남창지부가 되기로 맹약했다.

일종의 조건부 약속인 것이다. 영웅문이 도와서 적도방을
괴멸시키면 조양문이 영웅문의 남창지부가 될 테고, 그렇지
못하면 지부 얘기는 없는 일이 된다.

문제는 적도방에 상주하고 있는 검황천문 고수 즉, 검황고
수 삼십여 명을 처치하는 것이다.

마지막에 남은 세 개 방파와 문파는 신해문처럼 영웅문에
흡수되기를 원했다.

자신들의 지역에서는 더 이상 버티기가 어렵다고 판단했기
때문이다.

세 개 방파의 평균 고수와 무사의 수가 백오십여 명이라서
일 개 당을 충분히 만들 수 있는 인원이라 영웅문 외문에 새
로 편입시켰다.

영웅문 외문은 팔당이었는데 동방남매의 선풍당과 한매당
이 만들어져서 외문십당이 됐고, 거기에 다시 항주오대중방파
였다가 결국 영웅문에 합류한 보연궁과 진일문이 이 개 당을
만들어서 도합 외문십이당이 됐었다.

그런데 오늘 세 개 당이 더 생겼다. 순안(巡安)의 은창의
문(銀槍義門)과 용천(龍泉) 봉황산(鳳凰山)의 봉황파(鳳凰派).
옥환(玉環)의 맹파방(猛波幇)이다.

그들은 각각 은창의당과 봉황당, 맹파당으로 명명했으며 삼 개 당 도합 육백여 명이다.

옥환의 맹파방은 뒤늦게 영웅문에 도착한 탓에 막간산전투에 참가하지 못했지만 오늘 술자리에는 참석했다.

이로써 절강성의 십오 개, 강서성 하나, 복건성 하나의 방파와 문파들은 영웅문의 일원이 되었다.

진검룡 등은 초여름 밤이 이슥하도록 술을 마시면서 진지한 대화를 이어갔다.

외부인 십팔 명은 시간이 흐를수록 진검룡의 매력에 깊이 심취해서 헤어 나올 줄을 몰랐다.

진검룡은 말이 거의 없는 편이지만 일단 말을 하면 서론은 빼고 핵심만 그것도 알아듣기 쉽게 했다.

시간이 흐를수록 사람들은 그가 매우 정의롭고 순수하며 강직한 성격이라는 사실을 깨달았다.

특히 그가 어떤 식으로든지 자신과 인연을 맺은 사람들을 몹시 위하고 아낀다는 사실을 알게 되었다.

그리고 또 한 가지, 그와 민수림, 부옥령은 술을 매우 좋아하며 두주불사라는 사실을 알고 나서는 모두 결사적으로 술을 마셔댔다.

진검룡은 술잔을 들면서 모두에게 말했다.

"이제 순서를 정해라."

그의 말에 영웅문 외부에 분타를 하기로 한 방파와 문파의 수장들이 이마를 맞대고 의논을 시작했다.

조금 전에 진검룡은 이번에 영웅문의 분타가 되기로 한 십삼 개 방파와 문파가 위치해 있는 지역의 제일방파들을 손보겠다고 말했었다.

즉, 절강성 십오 개 지역에서 검황천문의 주구 노릇을 하고 있는 십오 개 방파와 문파들을 괴멸시키려는 계획인데, 진검룡의 말인즉 그들 중 어느 곳부터 처리를 하면 좋을지 순서를 정하라는 얘기다.

권부익이 긴장된 표정으로 진검룡에게 말했다.

"주군, 적도방은 언제 공격합니까?"

진검룡은 손으로 그를 불렀다.

"이리 가까이 와서 앉게."

권부익이 일어나서 다가오는데도 진검룡 쪽으로 두 번째에 앉아 있는 은조가 일어날 생각을 하지 않았다.

그렇다고 해서 부옥령이 일어날 수는 없는 노릇이다.

은조는 자신의 옆에 앉아 있는 옥소에게 일어나라고 눈짓을 보냈다.

평소에 말이 없으며 인내심이 강한 옥소는 두 말 없이 일어나 권부익에게 자리를 양보했다.

그러나 이런 말도 안 되는 상황을 보고서 그냥 넘어갈 부옥령이 아니다.

그녀는 권부익이 자리에 앉으려고 할 때 은조를 가리키며 차갑게 말했다.

"너, 일어나라."

"네……?"

십엽루에 오락가락하느라 부옥령에 대해서 잘 모르고 있는 은조는 일어나지 않고 기분이 상한 듯 미간을 좁히며 말했다.

"왜요?"

"왜냐고?"

부옥령은 술잔을 내려놓으면서 차갑게 말했다.

"너는 위계질서를 모르느냐?"

은조는 무언가 불길한 느낌을 받으면서도 지지 않고 항의하듯 말했다.

"제가 옥소보다 지위가 낮은가요?"

"너는 본문에서 지위 자체가 없으므로 영웅호위대주하고는 비교 자체를 할 수가 없다."

"……."

은조는 눈을 커다랗게 뜨고 손바닥을 자신의 봉긋한 가슴에 얹었다.

"제가… 지위가 없나요?"

"지위가 있다면 말해봐라. 너는 무슨 지위냐?"

천하절색의 미모를 지닌 부옥령은 술잔을 손에 쥔 채 빤히 은조를 바라보았다.

"더구나 너는 십엽루에서 삼엽이었더구나. 그렇다면 이엽인 옥소보다 하위가 아니냐? 뿐만 아니라 너는 옥소보다 나이가 두 살이나 적은데도 망발이구나."

"그건……."

대답이 궁해진 은조는 진검룡을 바라보면서 도와달라는 표정을 지었다.

"주군, 제가 지위가 없나요?"

처음 영웅호위대를 꾸릴 때 각 당에서 다섯 명씩 뽑았었는데 그때 십엽루에서는 옥소와 은조, 그리고 팔엽, 구엽, 십엽 다섯 명이 호위고수로 선발됐었다.

진검룡이 느긋하게 대답했다.

"일전에 너는 영웅호위대 호위고수였는데 그 이후에 어찌 되었는지 모르겠구나."

은조는 최초에 영웅호위대를 발족할 때 십엽루의 최고수들과 함께 호위고수로 발탁됐었는데 자주 십엽루에 왔다 갔다 하는 터에 자리를 지키지 못하다가 몇 달이 지난 후에는 자연스럽게 영웅호위대에서 떨어져 나가고 말았다.

진검룡이 옥소에게 물었다.

"소아야, 은조가 영웅호위대 소속이냐?"

"아닙니다."

진검룡은 부옥령에게 말했다.

"이제 보니까 좌호법 말대로 조아는 본문에서 아무런 지위가 없는 게로구나."

"주군……."

第九十六章

제삼의 세력

부옥령이 엄하게 꾸짖었다.

"너는 이 자리에 앉아 있을 자격도 없구나!"

"……."

은조는 움찔 몸을 떨고 부옥령을 쳐다보았다.

"그런데도 너는 감히 본문의 영웅호위대주에게 일어나라는 망발을 하는 것이냐?"

은조는 실내의 모든 사람들이 자신을 주시하고 있는 것을 보고는 얼굴에 피가 확 몰렸다.

아니, 진검룡과 민수림 두 사람만 은조를 쳐다보지 않고 딴 짓을 하고 있다.

두 사람은 서로를 바라보면서 다정한 미소를 지으며 술을
마시는 중이다.

진검룡이 술을 마시고 입을 크게 벌리고는 안주를 달라는
듯 능청을 부리자 민수림은 배시시 미소 지으면서 잘 익은 돼
지고기 한 점을 그의 입에 넣어주었다.

그렇게 달콤한 애정 행각에 빠져 있는 두 사람이 은조를 쳐
다볼 겨를이 어디에 있겠는가.

부옥령은 은조에게 문을 가리켰다.

"나가라."

"……!"

은조는 어이없는 표정을 지었다.

처음부터 나이가 자신보다 서너 살은 적게 보이는 새파란
부옥령이 너무나 같잖게 여겨졌었는데 결국 인내심이 한계치
에 이르렀다.

"너… 어린 것이 하늘 높은 줄 모르는구나."

부옥령이 누구며 어떤 존재라는 사실을 잘 알고 있는 대다
수의 영웅문 간부급들은 화들짝 놀라서 부옥령과 은조를 번
갈아 쳐다보았다.

부옥령에게 대들어서 저승 문턱까지 갔다가 진검룡 덕분에
목숨을 건졌던 현수란은 흠칫 놀라서 급히 은조에게 전음을
보냈다.

[조아야, 얼른 좌호법께 잘못했다고 무릎 꿇고 빌어라.]

그러나 은조는 현수란의 충고를 귓등으로도 듣지 않았다. 현수란의 말에 뼈아픈 뜻이 담겨 있다는 사실을 까맣게 모르기 때문이다.

원래 은조의 성격은 차갑고 잔인하며 한번 화가 나면 루주인 현수란도 눈에 보이지 않을 정도다.

은조는 적반하장 두 손을 허리에 얹고 싸늘하게 부옥령을 쏘아보며 윽박질렀다.

"아직도 기회는 있다. 잘못했다고 빌어라."

어차피 일은 벌어졌다. 외부인들이 있는 자리에서 하극상을 벌이는 것 자체가 잘못이지만 은조는 애당초 그런 것을 알아차리는 사리 분별력이 없다.

은조는 부옥령의 눈에서 한순간 새파란 안광이 뿜어지는 것을 보고 흠칫했다.

그러나 이미 성질이 난 은조로서는 그런 걸 염두에 둘 상황이 아니다.

그녀는 손가락을 꼽으려고 손을 들었다.

"셋을 셀 동안……."

탁!

"하윽!"

그러나 손가락 하나를 미처 꼽기도 전에 은조는 양쪽 무릎에 뭔가 화끈한 느낌을 받고 그 자리에 주저앉았다.

털썩!

"흑……!"

그녀는 주저앉아서 앞으로 뻗고 있는 두 다리를 보고는 움찔 놀랐다.

두 다리의 무릎에서 피가 샘물처럼 퐁퐁 마구 솟구치고 있는 것이 아닌가.

그녀는 부옥령에게 말을 하면서 부옥령을 뚫어지게 쏘아보고 있었기 때문에 그녀가 손을 쓰지 않았다는 사실을 잘 알고 있다.

그렇다면 다른 사람이 손을 썼다는 뜻이라서 급히 좌우를 둘러보았지만 다들 지금 상황 때문에 놀라거나 착잡한 표정을 짓고 있을 뿐이다.

그때 부옥령이 조용한 목소리로 중얼거렸다.

"이번에는 양쪽 어깨에 구멍을 뚫어주겠다. 고개를 숙이고 잘못을 빌어라."

"……!"

그제야 은조는 방금 전의 한수가 부옥령의 솜씨라는 사실을 깨달았다.

하지만 어떻게 손을 움직이지도 않고 공격을 할 수 있는 것인지 이해가 되지 않았다.

은조는 두 다리를 앞으로 쭉 뻗고 퍼질러 앉은 자세에서 부옥령을 멀뚱하게 쳐다보았다.

부옥령이 고개를 숙이고 잘못을 빌라고 말했지만 은조는

그럴 정신이 없어서 부옥령을 바라보기만 했다.

부옥령이 다시 한번 주의를 주었다.

"잘못을 빌어라."

그러나 은조는 멍한 얼굴로 앉아 있을 뿐이다. 방금 전 부옥령이 무슨 수법으로 자신의 두 무릎을 박살 냈는지 영문을 알지 못하기 때문이다.

부옥령으로서는 참을 만큼 참았다. 은조가 부옥령에 대해서 모르는 것처럼 부옥령도 은조를 모르기에 손속에 사정을 두지 않았다.

[령아, 그만해라.]

부옥령이 재차 무형지강을 발출하여 은조의 양쪽 어깨를 뚫으려고 할 때 진검룡의 전음이 전해졌다.

지금까지 진검룡은 부옥령이 누굴 혼내더라도 제지한 적이 없었으나 지금은 상황이 조금 다르다.

이 자리에는 조금 전까지 외부인이었다가 영웅문에 새로 들어오는 사람들이 많이 있다.

부옥령이 은조를 혼내고 다스리는 일은 집안일이라고 할 수 있는데 외부인들이 볼 때에 영웅문을 기본도 안 된 문파라고 흉볼 수가 있다.

진검룡의 전음을 듣고 부옥령은 그를 쳐다보지도 않고 은조에게 오른손을 뻗었다.

스으으……

다리를 뻗고 앉아 있는 은조의 몸이 저절로 느릿하게 일으켜 세워졌다.

그런데 그것으로 끝이 아니라 마치 꼭두각시를 조종하듯이 일으켜진 은조는 꼿꼿하게 선 자세로 둥둥 떠서 부옥령 앞으로 나아갔다.

외부인들은 물론 영웅문 간부들도 크게 놀라는 표정으로 그 광경을 지켜보았다.

은조가 양쪽 무릎이 뚫려서 피를 철철 흘리는 상태에서 제 스스로의 힘으로 바닥에서 반 자 정도 뜬 상태로 둥둥 날아갈 리는 없다.

또한 부옥령이 은조를 향해서 손을 뻗고 있기 때문에 누가 보더라도 부옥령이 허공섭물의 수법으로 은조를 끌어당기고 있다는 사실을 알 수가 있다.

중인들, 특히 외부인들은 두 눈을 찢어질 것처럼 부릅뜨고 그 광경을 쳐다보았다.

소림사의 신승 혜각선사나 무당파의 전대 장문인 현우자 정도의 기인이 일 장 거리의 찻잔을 허공섭물의 신기를 발휘해서 끌어당길 수 있다고 무림에 알려져 있다.

그리고 천하제일인을 논하는 우내십절이 허공섭물 수법으로 몇 장 밖의 거석을 부수거나 거목을 뿌리째 뽑을 수 있다고 뜬소문처럼 전해지고 있다.

그런데 지금 부옥령이 그와 비슷한 엄청난 신기를 보이고 있는 것이다.

일 장 거리의 찻잔을 움직이는 것이 아니라 사람을 들어 올려서 끌어당기고 있지 않은가.

그렇다면 부옥령이 우내십절과 등등한 수준이라는 얘기가 아니고 무엇이겠는가.

그러나 영웅문 간부들은 흐뭇하면서도 의기양양한 표정을 짓고 있다.

진검룡이 측근들을 한 명도 빠짐없이 임독양맥을 소통시켜 주었으므로 공력이 가장 약한 사람이 이백오십 년이고 가장 높은 사람이 무려 사백십 년에 달한다.

동방해룡과 동방도혜가 사백십 년이고 훈용강이 삼백팔십 년, 검천사십이태제인 정향이 삼백육십 년으로 가장.고강한 축에 속한다.

영웅문 간부들은 허공섭물이나 접인신공을 충분히 전개할 수 있는 공력을 지니고 있지만 아직 시도해 본 적이 없다.

그런 심후한 공력을 아직 자신의 것으로 완전하게 소화시키지 못했기 때문이다.

며칠 전에 진검룡 등이 막간산으로 향할 때 은조는 가장 마지막에 부랴부랴 합류했기 때문에 미처 임독양맥을 소통할 겨를이 없었다.

뿐만 아니라 영웅문 간부들이 모두 임독양맥을 소통했다는 사실조차도 아직 모르고 있다.

은조가 영웅문에서 유일하게 친한 사람이 청랑인데 그녀는 미안한 마음에 자신들이 임독양맥을 소통했다는 말을 아직 은조에게 하지 못했다.

은조는 부옥령 두 걸음 앞에 두 발이 바닥에서 한 자쯤 뜬 자세로 혼비백산한 표정을 짓고 있다.

은조는 지금 머릿속이 새하얗게 텅 비어서 아무 생각도 들지 않았다.

부옥령이 차분한 목소리로 말했다.

"아직도 잘못을 인정하지 않겠느냐?"

"아아……."

부옥령의 목소리가 은조의 새하얗게 된 머리를 화살처럼 날카롭게 관통하여 정신이 번쩍 들었다.

은조의 한 가지 장점은 자신보다 강한 사람에게는 무조건 승복한다는 사실이다.

"아… 잘못했습니다……."

"모두 들을 수 있도록 크게 말해라."

"제가 잘못했습니다!"

은조는 고개를 숙이고 진심 어린 표정으로 말했다.

"죽을죄를 졌습니다. 용서해 주세요."

부옥령은 성격이 차고 깐깐해도 잘못을 인정하고 굽히는 사람에겐 너그러운 편이다.

그녀는 진검룡에게 부드러운 목소리로 전음을 보냈다.

[주인님, 이 아이의 무릎을 고쳐주세요.]

"응?"

술 한 잔 마신 후에 민수림에게 맛있는 안주를 넙죽 받아 먹고 있는 진검룡은 무슨 얘기인가 싶어서 쩝쩝 소리를 내며 먹으면서 고개를 돌렸다.

스으으······.

그때 은조가 둥실둥실 떠오더니 그의 앞에 이르러 몸이 빙 그르르 반 바퀴 돌아 그에게 엉덩이를 불쑥 내밀고는 앉는 자 세를 취했다.

물론 부옥령이 그리한 것이며 자신이 박살 낸 은조의 두 무릎을 치료해 달라는 것이다.

그러나 민수림하고 깨가 쏟아지는 애정 행각을 벌이고 있 던 그는 어찌 된 영문인지 깨닫지 못했다.

[주인님, 그 아이 무릎을 고쳐주세요.]

부옥령이 다시 한번 전음을 보내자 그제야 정신을 차린 진 검룡이 은조의 무릎을 보니까 피가 낭자하게 흐르고 있다.

그가 은조를 가볍게 번쩍 안자 옥소가 재빨리 그의 앞에 빈 의자를 내밀었다.

진검룡은 은조를 의자에 앉히고 두 손바닥으로 그녀의 두 무릎을 감쌌다.

은조는 자신에게 벌어진 갑작스러운 상황 때문에 너무 놀 라서 무릎이 아픈 줄도 몰랐다.

슥…….

"됐다."

진검룡이 손을 떼자 은조는 자신의 무릎을 내려다보고는 깜짝 놀랐다.

"아……."

그녀는 아까 진검룡이 막간산전투에서 중상을 당한 고수들을 치료하는 과정을 하나도 빼놓지 않고 지켜봤기에 그의 경천동지할 기적의 치료술에 대해서 잘 알게 되었다.

그런데도 그가 막상 그녀 자신을 치료하여 박살 났던 두 무릎을 깨끗이 낫게 하자 놀라서 혼절할 지경이다.

진검룡은 지금의 분란을 정리하기 위해서 은조에게 신분을 만들어줘야겠다고 생각했다.

"조아야, 너는 영웅문에서 무엇을 하고 싶으냐?"

은조는 밝은 표정을 지었다.

"늘 주군 곁에 있고 싶어요."

그러더니 그녀는 청랑을 가리켰다.

"랑아처럼요."

진검룡은 미소 지으며 고개를 끄떡였다.

"그렇다면 너는 지금부터 랑아와 같은 신분이다."

은조는 팔짝팔짝 뛰면서 좋아했다.

"고맙습니다! 열심히 할게요!"

진검룡은 은조를 청랑 옆에 앉게 하고는 권부익을 은조 자리에 앉혔다.

진검룡은 꼿꼿하게 앉아 있는 권부익에게 빈 잔을 내밀고 술을 따라주며 조용한 목소리로 말했다.

"오늘은 실컷 마시고 내일 남창으로 출발하세."

"네엣?"

권부익은 크게 놀라는 바람에 들고 있는 술잔의 술을 절반 이상 쏟았다.

설마 진검룡이 이렇게 빨리 적도방을 처리할 거라고는 예상하지 못했었다.

진검룡은 다시 술을 따라주었다.

"여기에서 남창까지 얼마나 걸리나?"

"부지런히 가면 사흘 정도 걸립니다."

진검룡은 손을 뻗어 권부익의 어깨를 툭툭 두드리며 빙그레 미소 지었다.

"나흘 후에는 조양문이 강서제일방파가 될 걸세."

권부익은 놀란 나머지 자신도 모르게 벌떡 일어섰다.

"아……."

강서무림에서 크게 존경받는 여러 명의 대협들 중 한 명인 권부익은 너무도 놀라고 기뻐서 펄쩍 일어서는 바람에 술을 또 쏟았다.

진검룡은 다시 술을 따르며 미소 지었다.

"이번에도 술을 쏟으면 다시 주지 않을 걸세."

"아… 죄송합니다."

진검룡은 술 한 잔을 비우고 나서 풍건에게 지시했다.

"총당주, 적도방을 공격할 원정군을 꾸려보게."

풍건이 벌떡 일어섰다.

"어느 정도 규모가 좋겠습니까?"

"최고수로 백 명이 좋겠군."

풍건은 공손히 허리를 굽혔다.

"명을 받듭니다."

권부익은 조금 전에 부옥령의 신기를 보지 못했으면 백 명으로 어떻게 적도방을 괴멸시키겠느냐고 반박을 했을 텐데 지금은 아무 말도 하지 않았다.

그의 생각으로는 부옥령 같은 고수가 두세 명만 가면 적도방을 한 시진 안에 붕괴시킬 수 있을 것 같았다.

진검룡은 순서를 정하고 있는 열세 명의 신생 분타주들을 보면서 빙그레 웃으며 말했다.

"적도방이 끝나는 대로 자네들에게 갈 거야."

"감사합니다!"

열세 명은 큰 소리로 대답했다.

＊   ＊   ＊

다음 날 늦은 아침, 영웅문을 출발한 진검룡 일행 백 명이 전당강을 따라서 상류로 남서진하고 있다.

다각다각……

진검룡 일행 백 명은 모두 말을 타고 전당강 강가의 곧게 뻗은 관도를 천천히 가고 있다.

관도에는 제법 많은 행인들이 오가고 있으며, 진검룡 일행 은 두 줄로 긴 행렬을 이룬 광경이다.

진검룡과 민수림을 필두로 부옥령, 청랑, 은조, 정향, 영웅호 위대주 옥소와 부대주 다섯 명, 외문십이당의 열두 명의 당주 들, 그리고 영웅호위대와 외문십이당에서 최정예고수 칠십육 명을 선발해서 딱 백 명이다.

안내를 맡은 조양문주 권부익과 최고수 한 명까지 더하면 전체 백이 명이다.

권부익이 이끌고 온 조양문 고수 이백여 명은 먼저 출발하 여 십여 리쯤 앞서가고 있다.

무리의 전방을 최정예고수들이 맡고 중간에 진검룡과 민수 림, 청랑, 은조, 옥소를 비롯한 다섯 명의 부대주, 그리고 십이 당주와 정향이 후미에서 따르고 있다.

은조는 어젯밤 청랑에게 진검룡 측근들이 모두 임독양맥이 소통됐다는 말을 처음 듣고는 대경실색했다.

진검룡 측근들 중 오로지 자신만 임독양맥을 소통하지 못 했다는 사실 때문에 은조는 어젯밤 뜬눈으로 지새웠다.

청랑의 설명에 의하면 진검룡이 영웅문 내에 있는 당주들과 영웅호위대 대주를 비롯한 부대주들, 그리고 부옥령과 청랑 자신의 임독양맥을 소통시켜 주었다고 한다.

그런데 은조는 그 당시에 영웅문에 없었기 때문에 해주지 못했을 뿐이라는 것이다.

그러니까 그것은 진검룡을 원망할 일이 아니다. 그 시간에 십엽루 대리 루주를 맡으라고 한 현수란을 원망해야 한다.

아니, 현수란도 그렇게 될 줄 몰랐으니까 그녀를 원망할 일도 아니다.

그래도 청랑의 마지막 말이 은조를 위로해 주었다.

"주인님께 말씀드리면 언제라도 시간만 나면 너의 임독양맥을 소통시켜 주실 거야."

진검룡은 마상에서 민수림과 도란도란 대화를 나누면서 가다가 잠시 대화가 끊어지자 부옥령을 불렀다.

"령아."

"네, 주군."

사십이 세면서도 진검룡이 '령아'라고 부르면 당연하다는 듯이 넙죽 대답하는 부옥령이다.

진검룡은 옆으로 다가온 부옥령에게 말했다.

"너 지난번에 막간산에서 본문에 돌아가면 설명해 주겠다고 했던 말 잊었느냐?"

부옥령은 고개를 가로저었다.

"그럴 리가 있겠어요?"

막간산에서 연보진은 진검룡에게 검황천문은 바위이고 영웅문이 계란이니까 자칫 검황천문 태문주의 비위를 건드리면 영웅문이 종말을 맞을 것이라고 경고했었다.

그 당시에 진검룡은 말도 안 되는 소리라면서 발끈했었는데 부옥령이 연보진의 말이 맞다고 했었다.

그러고 나서 나중에 진검룡이 혼자서 연보진이 했던 말을 곰곰이 생각해 보니까 검황천문이 거대한 강남무림을 지배하려면 연보진이 말하는 세력 정도가 돼야 가능할 것이라는 생각이 들었다.

"검황천문의 실체를 말해다오."

사람들은 검황천문이 거대하다고만 알고 있으며 그런 점에서는 진검룡이라고 다를 게 없다.

그러나 영웅문을 괴멸시키겠다고 검황천문이 여러 차례에 걸쳐서 보낸 수천 명의 고수들을 진검룡과 영웅문은 잘 막아내기도 하고 전멸시키기도 했었다.

그러는 과정에서 진검룡은 검황천문을 한번 해볼 수도 있을 만한 세력으로 조금씩 여기게 되었으며, 언제라도 마음만 먹으면 검황천문과 정면 대결을 벌일 수도 있을 것이라고까지 생각하게 되었다.

그것은 진검룡을 탓할 일이 아니라 지금까지의 상황이 착각을 할 만큼 순조롭게 흘러왔었다.

부옥령은 생각할 것도 없다는 듯 즉시 설명을 시작했다.

"간략하게 말씀드릴게요."

진검룡과 민수림은 부옥령의 설명에 귀를 기울였다.

"천하 무림에는 크게 세 개의 세력이 있어요. 북성의 천군성과 남천의 검황천문, 그리고 그 둘에 속하지 않은 나머지 세력이죠."

진검룡은 천하 무림이 북성 천군성과 남천 검황천문으로 양분되었다고만 알고 있었는데 그 둘에 속하지 않은 나머지 세력이 있다고 한다.

"천군성과 검황천문에 속하지 않은 세력이라는 것이 대체 뭐지? 그런 게 있었나?"

부옥령이 배시시 미소 지었다.

"영웅문은 어디에 속하나요?"

"그게 무슨 소리야?"

"주군께서 생각해 보세요. 본문은 천군성에 속하나요? 아니면 검황천문인가요?"

"아⋯⋯."

진검룡은 나직한 탄성을 토해냈다. 천군성이나 검황천문에 속하지 않은 세력이 나머지 세력인 것이다.

만약 그런 세력들을 하나로 합친다면 천군성이나 검황천문과 맞먹는 규모일지도 모른다. 그러니까 영웅문은 나머지 세력에 속해 있다.

어쩌면 나머지 세력이 천군성이나 검황천문보다 더 클지도 모르는 일이다.

영웅문 하나만 보더라도 짐작할 수 있는 일이지 않은가. 영웅문은 절강성의 절대자이면서 검황천문에 속하지 않으며 오히려 적대 관계에 있다.

"중원대륙을 동서로 가르면서 흐르는 장강 이북 즉, 강북을 지배하는 북성 천군성은 검황천문하고는 비교할 수 없을 정도로 거대해요."

진검룡은 천군성이라는 말만 들었지 한 번이라도 구체적으로 생각해 본 적이 없었다.

"어느 정도지?"

"천군성의 영토는 검황천문이 지배하는 영토보다 세 배 더 광활하고 세력은 두 배 반이나 많아요."

진검룡은 천군성의 세력이 상상이 되지 않았다.

"세력이 두 배 반이라고? 대체 얼마나 많다는 거지?"

"천군고수의 수는 무려 백삼십만 명이에요."

"백삼십만……."

진검룡은 놀라서 입을 크게 벌렸다. 영웅문은 천오백여 명의 고수와 무사를 보유하고서도 검황천문과 한바탕 붙어보겠다면서 큰소리 떵떵 치고 있다.

그런데 천군성은 백삼십만 명이라니, 그게 도대체 얼마나 많은 것인지 가늠조차 되지 않았다.

"검황천문은 사십오만의 검황고수를 보유하고 있어요."

"음……!"

진검룡은 놀라움을 묵직한 신음으로 대신했다.

그는 잠시 무슨 생각을 하다가 물었다.

"설마 남경의 검황천문 본문에 사십오만이 주둔하고 있다는 얘기는 아니겠지?"

부옥령은 배시시 미소 지었다.

"그럴 리가 있겠어요? 설사 대명의 황궁이라고 해도 그러지는 않아요."

"그런가?"

진검룡은 머쓱한 표정을 지었다.

생각해 보니까 사십오만이라고 하면 어마어마한 인원인데, 검황천문이 아무리 거대하다고 해도 사십오만 명을 한곳에서 지내게 할 공간은 없을 것이다.

부옥령은 진검룡을 이해시키려고 했다.

"만약 오랑캐 수만 명이 북서쪽 국경을 넘어서 침략한다면 대명제국은 어떻게 대처하겠어요?"

"군사를 보내야지."

"그 군사는 어디에 있을까요?"

"글쎄……."

북서국경으로 보낼 군사가 어디에 있는지 한 번도 생각해 본 적이 없는 진검룡이 어떻게 알겠는가.

"군사의 절반은 다른 국경지대에 있겠고 또 다른 절반은 후방에서 둔경(屯耕)을 하고 있을 거예요."

"둔경?"

"평화 시에 대부분의 군사들은 국경에서 멀지 않은 후방에서 생활을 하는데 나라에서 준 경작지에 농사를 지으면서 살아요. 그걸 둔경이라고 해요. 그러다가 전쟁이 발발하면 부름을 받고 전쟁터로 달려가는 거죠."

"그렇군."

부옥령은 희고 긴 손가락 하나를 세웠다.

"그렇다면 천군성의 천군고수들이나 검황천문의 검황고수들은 평상시에 무엇을 하고 있을까요?"

진검룡은 싱긋 미소 지었다.

"북성이나 남천의 각 방파와 문파에 있지 않겠어?"

"똑똑하시군요."

부옥령은 차분하게 설명했다.

"무림의 대방파와 대문파가 세력을 넓히려는 이유는 세력권 내의 방파와 문파들을 휘하에 둘 수 있기 때문이에요. 그래서 유사시에는 그 방파와 문파들의 고수들을 소집해서 전쟁을 치르는 거죠. 그런 군사를 흔히 둔군(屯軍) 혹은 둔병(屯兵)이라고 부르죠."

"그렇군."

"검황천문은 항주를 영웅문에게 잃었어요. 하지만 항주를 중심으로 인근 이백여 리를 제외한 절강성 전역에서의 영향력은 아직도 건재해요. 그 말은 검황천문의 소집명령에 달려 나갈 고수들이 절강성에서만 수만 명일 거라는 뜻이에요."

말하자면 영웅문은 항주를 중심으로 이백여 리를 지배하고 있는 절대자, 아니, 절대자라고 하기에도 부끄러운 그냥 지역의 패자 정도에 불과하다.

"그런 식으로 대문파에 복속된 방파나 문파의 고수를 둔고수(屯高手)라고 해요. 검황천문 본문에 만오천여 고수가 있으며, 둔고수가 사십오만이나 되는 거예요."

진검룡은 그때 막간산 동쪽 벌판에서 연보진이 했던 말을 기억해 내고 씁쓸한 기분이 되었다.

"그러니까 그 여자의 말은……."

부옥령이 말한 그 여자는 연보진이다.

"영웅문이 나 죽었소 하고 항주에 가만히 웅크리고 있으면 연보진이라는 여자가 자신이 나서서 검황천문이 영웅문을 공격하지 못하게 만들 거라는 얘기죠. 즉, 검황천문이 공격할 빌미를 만들지 말라는 얘기예요."

진검룡은 고개를 끄떡였다.

"이제 알아들었다."

부옥령은 고개를 젖히고 입을 크게 벌리면서 맑은 목소리로 깔깔거렸다.

"아하하하! 그런 상황인데도 주군께선 남창의 적도방을 괴멸시키겠다고 먼 길을 가고 계시는군요!"

"그렇지."

부옥령이 정말 십칠팔 세 소녀처럼 싱그럽게 방글방글 웃으며 말했다.

"애당초 검황천문 따위는 전혀 두렵지 않으신 거죠?"

진검룡은 빙그레 웃었다.

"그렇다고 할 수 있지."

부옥령이 이번에는 가만히 듣고만 있는 민수림에게 공손히 물었다.

"소저께선 주군께서 왜 검황천문을 두려워하지 않으시는 것 같은가요?"

민수림은 고개를 살짝 갸웃거렸다.

"검황천문은 영웅문을 공격할 겨를이 없는 것 아닐까요?"

"어째서 그럴까요?"

"투서공기(投鼠恐器)일 것 같아요."

"아……."

부옥령은 깜짝 놀라 눈을 크게 떴다.

그녀가 지켜본 바에 의하면 민수림은 기억을 깡그리 잊은 것이 분명했다.

그런데도 불구하고 총명함이나 지니고 있는 박식함은 추호도 잊지 않은 것이다.

투서공기 즉, 항아리 안에 쥐가 숨어 있는데 항아리가 깨질까 봐 두려워서 쥐를 잡지 못한다는 뜻이다.

항아리가 깨진다면 잡는 것에 비해서 잃는 것이 지나치게 큰일이므로 바보가 아닌 이상 그런 짓을 하지는 않는다.

말하자면 검황천문에게 영웅문은 한 마리 쥐다. 그리고 항아리는 강남 즉, 남천무림이다.

쥐 한 마리 잡으려다가 적에게 남천무림을 통째로 내줘야 할지도 모른다는 뜻이다.

부옥령은 조심스럽게 물었다.

"쥐는 영웅문이고 남천무림이 항아리인데, 대관절 누가 항아리를 깬다는 건가요?"

민수림은 흑백이 또렷한 커다란 눈으로 부옥령을 바라보면서 말했다.

"천하 무림에는 세 개의 세력이 있다면서요?"

"그래요."

"그들은 필경 서로 경쟁하고 있을 테고, 검황천문이 영웅문을 궤멸시키려고 총력을 기울이면 그 틈을 타서 나머지 두 세력이 이익을 얻으려고 하지 않겠어요?"

"아……."

천군성과 검황천문은 수십 년 동안 서로 팽팽하게 대치하고 있는 중이다.

천군성과 검황천문의 팽팽한 대결이 당금 무림을 이끌어가는 원동력이라고 대부분의 무림인들은 생각하고 있다.

두 개 거대한 방파의 대립이 천하 무림에 악영향만 끼치는 것이 아니다.

그들 두 거대방파는 무림이라는 큰 덩치를 싣고 굴러가는 두 개의 수레바퀴 같은 존재다.

만약 수레바퀴가 없으면 수레는 주저앉아서 더 이상 굴러가지 못할 것이다.

다시 바퀴가 만들어질 때까지 수레는 그 자리에서 오랜 세월 동안 허송세월을 보내야만 한다.

그래서 천군성과 검황천문은 무림을 끌고 또는 밀고 가면서 수많은 좋고 나쁜 일들을 만들어내고 있는 것이다.

그러나 부옥령이 놀란 이유는 민수림이 '두 세력이 이익을 얻으려고 한다'라고 말했기 때문이다.

검황천문이 영웅문을 괴멸시키려고 총력을 기울이면 당연히 천군성이 치고 내려와서 이득을 볼 텐데 민수림은 천군성뿐만이 아니고 나머지 세력이 이득을 본다고 말했다.

사실 거기까지는 부옥령도 생각하지 못했다. 검황천문이 딴짓을 하면 천군성만이 아니라 나머지 세력 즉, 무림의 수많은 방파나 문파들도 이득을 챙길 수 있다는 것이다.

그리고 중요한 사실은 민수림의 말이 맞다는 것이다.

진검룡이 해맑게 웃었다.

"하하하! 그렇기 때문에 검황천문은 우릴 어떻게 하지 못하는 것이다."

호탕하게 웃는 것을 보니까 진검룡도 민수림과 같은 생각을 한 모양이다.

"난 그렇게 자세한 것은 모르고 그냥 검황천문이 절대로 총력을 기울여서 우릴 공격하지 못할 것이라고 생각했다. 그래서 남창에 가는 거야."

모로 가도 북경으로만 가면 된다는 것이다. 진검룡과 민수림이 옳다.

第九十七章

적도방(赤刀幫)

남창은 물의 도읍이다.

강서성의 북동쪽 장강 가까이에 치우쳐 있는 파양호(鄱陽湖)로 수십 개의 물줄기들이 흘러들면서 만들어낸 수많은 섬들이 파양호 주변에 바둑알처럼 흩어져 있다.

남창은 파양호의 서쪽 삼십 리에 위치해 있다.

진검룡과 권부익 등이 남창 조양문에 도착했을 때 뜻밖의 일이 그들을 기다리고 있었다.

문주와 핵심 간부들 그리고 정예고수가 이백여 명이나 빠져나간 조양문에 적도방 고수들이 떼거리로 몰려와서 행패를 부리고 있는 것이다.

텅 빈 것이나 다름이 없는 조양문을 적도방 고수들이 제멋대로 휘저으며 갖고 노는 중이다.

지금은 정오가 조금 지난 시각인데 적도방 고수들은 엊저녁에 조양문에 들이닥쳤다.

사실 적도방은 조양문을 감시하고 있다가 열흘 전쯤 자정이 넘은 늦은 밤에 조양문에서 수백 명이 뒷문을 통해서 빠져나가는 것을 발견했다.

적도방 세 명의 고수가 조양문을 감시했는데 그중 한 명이 그 사실을 적도방에 알리러 달려가고, 두 명이 멀리서 미행을 했다.

그러나 조양문은 바보가 아니다. 적도방의 감시나 미행이 있다는 사실을 알고 있다가 미행하고 있는 적도방 고수 두 명을 발견하고 그 자리에서 죽였다.

적도방에 알리러 갔던 자가 적도방 고수들을 이끌고 헐레벌떡 달려왔으나 조양문을 미행했던 동료 두 명은 보이지 않고 그들이 일부러 남겨놓은 흔적은 조양문을 출발하여 십 리도 채 못 가서 끊어져 있었다.

조양문 고수들이 적도방 미행자 둘을 죽여서 시체를 숲속에 버렸으므로 찾을 수가 없을 것이다.

그래서 적도방은 그곳 수십 리 일대를 샅샅이 뒤졌으나 조양문 고수들은커녕 아무런 흔적도 발견하지 못했다.

원래 조양문 고수들이 갈 방향은 동쪽의 항주였으나 적도
방에게 감시를 당하고 있다는 것을 알기에 일부러 처음에 서
쪽으로 향했다가 적도방 미행자를 죽인 뒤 최대한 흔적을 없
애면서 다시 동쪽으로 갔으므로 그들을 찾거나 흔적이 남았
을 리가 없다.

적도방은 다시 고수들을 보내서 조양문을 감시했지만 한번
떠난 조양문주를 비롯한 핵심 간부들과 이백여 명의 고수들
은 돌아올 줄 몰랐다.

그렇게 속절없이 날이 흘러 열흘을 하루 남겨둔 어제저녁
에 적도방주는 모종의 결단을 내렸다.

자파의 쟁쟁한 고수들을 대거 조양문에 보내서 행패와 분
탕질을 치라고 명령했다.

그렇게 하면 조양문 사람들이 문주에게 그 사실을 알려서
돌아오게 할 것이라고 예상한 것이다.

그렇게 해서 하루가 채 지나기 전에 과연 조양문주 일행이
조양문으로 돌아왔다.

물론 조양문에 남아 있던 사람들이 문파 내의 변고를
문주에게 알려서가 아니라 돌아올 때가 돼서 돌아온 것이
다.

그그긍!

조양문의 육중한 전문이 양쪽으로 활짝 열리는 커다란 음

향이 멀리까지 퍼졌다.

그 소리는 조양문주의 집무실이 있는 균천각(鈞天閣)까지 들렸으며, 그곳에서 진을 치고 앉아 술을 퍼마시며 농성을 하고 있던 적도방 고수들이 우르르 쏟아져 나왔다.

적도방 고수는 오십여 명인데 그들 중 검황고수가 열 명 포함되었다.

조양문주 권부익과 간부들 속에 진검룡 일행도 섞여서 천천히 전문 안으로 걸어 들어갔다.

진검룡과 민수림, 부옥령 세 사람뿐이고 청랑과 은조를 비롯한 영웅고수들은 같은 시간에 뒤쪽에서 은밀하게 담을 넘어서 들어오고 있다.

진검룡 일행이 전문에서 채 십 장도 걸어 들어가기 전에 적도방 고수들이 파도처럼 달려와서 앞을 가로막았다.

적도방 고수들은 조양문주 권부익이나 간부들을 조금도 두려워하지 않는 것 같았다.

왜냐하면 자신들 편에는 검황고수가 열 명이나 있기 때문일 것이다.

권부익은 강서성 전역에서 열 손가락 안에 꼽히는 고수지만 검황고수 한 명과 팽팽하게 싸우는 수준이다.

권부익이 약한 게 아니라 검황고수가 고강한 것이다.

검황천문 십이부 중에서 참영부(斬影府)의 정예고수 삼십 명이 적도방에 나와 있다.

만약 그들을 앞세워서 적도방이 조양문을 공격한다면 반나절 안에 전멸당하고 말 것이다.

검황천문 십이부 바로 아래에는 이십사단(二十四壇)이 있으며 그 아래에는 사십팔향(四十八香)이 있다.

사십팔향이 검천십이류의 검천십류이고 이십사단이 검천구류이다.

검천십일류와 검천십이류는 검황천문 내외의 경계를 서거나 호송과 호위를 하는 고수들이며 통칭하여 검천통사(劍天通士)라고 부른다.

진검룡일행을 가로막은 적도방 고수는 오십 명이며 그중 열 명이 검황천문 참영부의 고수들이다.

다섯 걸음의 거리를 두고 적도방 고수들 중 한 명이 앞으로 나서더니 히죽 웃으며 말했다.

"권 문주께선 어딜 다녀오시오?"

적도방 총관 여공탁(呂公卓)이라는 인물이다. 적도방 서열 삼 위인 그가 직접 온 것으로 보아 적도방주가 이번 일을 중요하게 여기는 것이 분명하다.

여차하면 조양문을 괴멸시키겠다는 계획일 것이다. 적도방은 이곳에서 불과 이십여 리 정도 가까운 거리에 있으므로 권부익 일행이 도착하자마자 적도방주에게 전서구를 날렸거나 사람을 보냈을 것이다.

권부익은 진검룡을 하늘처럼 믿고 있기에 걱정할 게 반 푼어치도 없다.

예전 같았으면 적도방 총관 여공탁이 이런 식으로 나오면 권부익은 속에서 분노가 머리 꼭대기까지 치밀어도 꾹 참으면서 덤덤하게 반응을 했었다.

하지만 지금은 손톱만큼도 그러고 싶은 마음이 없다. 생각 같아서는 일장에 여공탁을 쳐 죽이고 싶은 것을 꾹 눌러서 참고 있는 중이다.

권부익은 두루뭉술하게 생긴 데다 덥수룩한 수염을 기른 여공탁을 경멸하듯이 쳐다보며 말했다.

"네놈이 본문에는 왜 왔느냐?"

"어?"

얼마 전까지만 해도 자신에게 예의를 갖추려고 애쓰던 권부익이 마치 남의 하인을 대하듯 하자 여공탁은 어리둥절한 표정을 지었다.

"어… 지금 나한테 말한 것이오?"

여공탁은 믿어지지 않는지 좌우를 둘러보면서 손으로 자신의 코를 가리켰다.

권부익은 차가운 미소를 지으면서 턱으로 여공탁을 가리키며 말했다.

"그렇다. 네놈에게 물은 것이다. 적도방 놈들이 무엇 때문에 본문에 와서 행패를 부리고 있는 것이냐고 물었다!"

그는 말하는 도중에 목소리가 점점 커지더니 나중에는 호통이 되었다.

여공탁은 '저놈이 미쳤나?' 하는 표정을 지으며 찢어진 눈을 크게 뜨고 눈알을 굴렸다.

그때 뒤따라 전문 안으로 들어온 이백여 명의 조양문 고수들이 좌우에서 죽죽 앞으로 나가서 적도방 오십 명을 포위하기 시작했다.

그러자 조양문에 원래 남아 있던 이백여 명의 고수들도 합세하여 포위망을 구축했다.

권부익이 그렇게 하라고 전음으로 명령한 것이다.

적도방 고수들은 두리번거리면서 당황하는 것 같았으나 총관 여공탁과 몇 명의 간부가 당황하지 말라는 동작을 해 보이자 잠잠해졌다.

잠시 후 적도방 오십여 명은 조양문 사백여 명의 고수들에게 겹겹이 포위되었고 오로지 진검룡과 권부익이 있는 정면 쪽만 뚫려 있다.

그 무렵 여공탁은 눈동자를 바삐 굴리면서 진검룡과 민수림, 부옥령을 날카롭게 살펴보았다.

세 사람이 처음 보는 얼굴인 데다 한눈에 봐도 인중지룡과 인중지봉이기 때문이다.

이때쯤 진검룡은 남다른 기도를 지니게 되어 어느 누가 보더라도 범접하기 어려운 기도가 뿜어졌다.

교활한 여공탁은 권부익이 진검룡을 비롯한 두 여자를 믿고 이렇게 기고만장한 것이라고 판단을 했다.

'흐흐흐… 어디에서 쓸 만한 고수들을 데려와서 간덩이가 부은 모양인데 그렇다면 내가 네놈의 부은 간덩이를 초장에 아예 짓뭉개 주마.'

여공탁은 뒤돌아보면서 검황고수들에게 예의를 갖추어서 부탁했다.

"보시다시피 대협들께서 저 안하무인 놈들에게 벌을 내려주셔야겠소이다."

열 명의 검황고수들은 적도방 고수하고 구별이 가도록 산뜻한 황의 경장을 입고 있다.

검황고수들 중 우두머리인 듯한 자가 싱긋 엷은 미소를 지으며 턱으로 앞쪽을 가리켰다.

"여 총관, 누굴 손봐주면 되겠소?"

"에… 우선."

여공탁은 재빨리 눈동자를 굴리다가 진검룡에게 시선을 고정시켰다.

"저기 반반하게 생긴 놈의 사지를 잘라주시오."

"하하하! 분부 받들겠소!"

검황고수 우두머리가 가볍게 턱짓을 하자 뒤쪽에서 두 명의 검황고수가 느릿하게 앞으로 나섰다.

적도방에 파견을 나온 삼십 명의 검황천문 참영부 고수들은 그 동안 적도방이 자신들을 칙사처럼 떠받드는 융숭한 대접에 한껏 고조되어 별것 아닌 일에도 한껏 거드름을 피우는 버릇이 생겼다.

촤앙!

두 명의 검황고수가 앞으로 나서는가 싶었는데 어느새 발검을 하면서 미끄러지듯이 진검룡을 향해 쏘아갔다. 실로 나무랄 데 없는 깔끔한 동작이다.

실력 있는 고수들만이 거드름을 피울 자격이 있는데 바로 이들이 그런 것 같다.

두 명의 검황고수는 순식간에 권부익을 지나쳐서 진검룡 두 걸음 앞에 이르러 번개같이 검을 그었다.

그들의 전개가 워낙 빨라서 권부익은 움찔 놀라 자신도 모르게 몸을 움찔 떨었다.

진검룡 등의 실력을 익히 알고 있지만 그만큼 검황고수들의 공격이 위력적이고 빨랐다.

그렇기 때문에 권부익과 조양문 고수들이 봤을 때 곧 진검룡의 사지가 절단되어 흩어진다고 해도 조금도 이상할 것 같지 않았다.

퍼퍼퍽!

"흐악!"

"와악!"

그런데 쾌속한 속도로 쇄도하면서 공격해 가던 두 명의 검황고수가 한순간 느닷없이 처절한 비명을 터뜨리면서 마치 보이지 않는 철벽에 부딪혔다가 강하게 퉁겨지는 것처럼 허공으로 붕 날아갔다.

두 명의 검황고수는 여공탁과 검황고수 우두머리 등의 머리 위를 쏜살같이 지나서 날아가며 후두둑! 하고 뭔가를 아래로 쏟았다.

투두둑!

쏴아아!

그것이 그들의 잘린 팔다리와 뜨거운 피의 비 혈우(血雨)라는 사실을 한발 늦게 깨달은 적도방 사람들은 경악성을 터뜨리며 피했다.

"우왓!"

"와악!"

날아간 두 명은 적도방 사람들 뒤쪽 땅바닥에 모질게 떨어졌다가 데구르르 굴렀다.

땅에 아무렇게나 뒹굴어 있는 두 명을 발견한 사람들은 여기저기에서 비명을 질렀다.

땅에 쓰러져 있는 두 명의 팔다리가 어깨와 무릎 위에서 깨끗하게 뎅겅 잘리고 몸뚱이만 남은 채 상처에서 피가 콸콸 뿜어지고 있기 때문이다.

더구나 그들은 죽지 않은 상태에서 몸을 꿈틀거리며 처절한 비명을 지르고 있어서 보는 사람들의 심장을 오그라들게 만들었다.

무리의 선두에 서 있는 여공탁과 검황고수 우두머리는 두 명의 검황고수가 누구에게 무슨 수법으로 당했는지조차도 알아차리지 못했다.

적도방 사람들만 놀란 것이 아니다. 조양문 사람들도 놀라기는 마찬가지다.

진검룡 일행의 실력에 대해서 어느 정도 알고 있는 권부익은 물론이거니와, 막간산전투에서 영웅문 고수들과 같은 편이 되어 검황천문과 싸워본 조양문 고수들도 크게 놀라는 표정을 지었다.

그때 부옥령이 천천히 앞으로 걸어 나오면서 착 가라앉은 목소리로 말문을 열었다.

"지금부터 손가락 하나라도 까딱하는 놈은 그 즉시 머리에 구멍을 뚫어주겠다."

그 말을 듣고 권부익은 방금 전 그것이 부옥령의 솜씨라는 것을 알아차렸다.

그렇지만 다른 사람들은 여전히 귀신에게 홀린 듯한 표정을 짓고 있었다.

더구나 천하절색의 미모를 지닌 십칠팔 세의 어린 소녀의 모습을 한 부옥령이 방금 전 같은 엄청난 솜씨를 발휘했을 것이라고는 꿈에도 상상하지 못했다.

그 순간 세 명의 검황고수가 대열에서 쾌속하게 튀어나오며 부옥령을 향해 말없이 발검을 했다.

촤아악!

그렇지만 그들은 발검할 때보다 더 빠르게 비명을 터뜨려야만 했다.

퍼퍼퍽!

"끄악!"

"흐악!"

세 명의 검황고수는 상체가 뒤로 확 젖혀지면서 비스듬히 누운 자세로 날아가다가 땅에 패대기쳐졌다.

쿵! 쿠쿵!

그런데 놀랍게도 그들 세 명의 미간에는 손톱 크기의 구멍이 뻥 뚫려서 피가 샘물처럼 솟구쳤다.

그들은 눈을 허옇게 까뒤집고 몸을 부르르 격렬하게 떨다가 잠시 후에 축 늘어져서 숨이 끊어졌다.

*　　　　　*　　　　　*

조금 전에 팔다리가 잘린 두 명은 일어나지 못하고 땅바닥에서 버둥거리면서 팔다리가 잘린 부위에서 여전히 피를 흘리고 있다.

아마 그들은 오래지 않아서 과다 출혈로 죽음을 맞이하게 될 것이다.

졸지에 검황고수 다섯 명을 잃고 나서야 여공탁과 다섯 명의 검황고수, 그리고 적도방 고수들은 현실을 깨닫고 만면에 놀라움을 가득 떠올렸다.

검황고수 우두머리는 미간을 좁힌 채 손을 들어 부옥령을 가리켰다.

"네가……."

퍽!

"왁!"

다음 순간 그는 미간에 구멍이 뚫려서 뒤통수로 피화살을 푹 뿜었다.

그는 뒤로 둥실 떠올랐다가 묵직하게 땅바닥을 울리면서 떨어졌다.

쿵!

"끄으으……."

그는 두 눈을 부릅뜬 채 온몸을 푸들푸들 마구 떨다가 잠시 후에 사지를 축 늘어뜨리며 숨이 끊어졌다.

여공탁은 그 광경을 보면서 혼비백산한 표정으로 두 다리를 부들부들 떨었다.

자신의 면전에서 그토록 믿었던 검황고수, 그것도 우두머리까지 여섯 명이 전혀 맥을 추지 못하고 황천으로 떠나거나 산송장이 돼버렸으니 간이 콩알처럼 오그라들고 심장이 미친

듯이 두근거렸다.

여공탁은 눈앞에 서 있는 천하절색 미소녀가 자신이 살아 생전에 단 한 번도 본 적이 없는 초절고수라는 사실을 비로소 깨달았다.

여공탁과 적도방 고수들은 오금이 저려서 서 있는 것조차 도 힘들 지경이다.

그러나 검황고수들은 그들과 근본적으로 다르다. 졸지에 동료 여섯 명을 잃은 네 명의 검황고수는 겁을 먹기는커녕 지체 없이 앞으로 튀어 나가면서 부옥령을 공격했다.

좌아앙!

적도방 고수들은 잔뜩 겁을 집어먹고 몸을 사리는 반면에 검황고수들은 겁을 먹기는커녕 자신들의 생사를 도외시하고 즉각 공격을 퍼붓고 있는 것이다.

그것이 남천무림의 절대자 검황천문과 남창의 패자 적도방 의 다른 점이다.

쾌애액!

검황고수 네 명은 두 명씩 지상과 허공으로 갈라져서 제각 기 다른 검법을 펼치며 공격했다.

그런데 너무도 위력적이어서 얼핏 보기에는 부옥령이 곧 천 참만륙 난도질당해서 죽을 것만 같았다.

"흥! 가소롭다!"

그러자 부옥령은 차갑게 코웃음을 치면서 오른손의 네 손가락을 쭉 뻗었다.

쉬이잉!

그러자 낮고 맑은 청아한 음향이 터지면서 보이지 않는 네 줄기 무형지강이 뿜어졌다.

그제야 사람들은 부옥령이 공격을 전개하는 것을 처음으로 보게 되었다.

부채를 절반쯤 펼친 모양으로 공격해 오던 네 명의 검황고수가 한순간 멈칫했다.

퍼퍼퍼퍽!

"크악!"

"우왁!"

물에 젖은 가죽으로 만든 작은 북을 두드린 듯한 축축한 음향과 비명 소리가 동시에 터졌다.

그와 동시에 공격해 오던 네 명의 검황고수의 상체가 뒤로 홱! 젖혀지면서 날아갔다.

쿠쿠쿵!

그들은 하나같이 땅에 뒤로 누운 자세로 주르르 밀려가다가 멈추었다.

그들 역시 콩알 크기의 구멍이 숭숭 뚫린 미간에서 피를 콸 콸 뿜으면서 몸을 부들부들 떨다가 곧 잠잠해졌다.

이로써 검황고수 열 명이 모두 죽었다.

여공탁을 비롯한 적도방 고수들은 경악과 공포가 뒤섞인

표정을 지은 채 아무 말도 하지 못했다.

부옥령이 권부익을 보면서 턱을 살짝 치켜들며 하고 싶은 말을 하라고 시켰다.

'아……!'

권부익은 정신이 번쩍 들어서 재빨리 적도방 고수들을 한 차례 쓸어보았다.

적도방 고수들은 정신이 반쯤 나간 표정으로 눈치만 살피고 있는 모습이다.

권부익은 발을 쿵! 힘껏 구르며 호통을 쳤다.

"모두 무릎 꿇어라!"

그러나 여공탁과 적도방 고수들은 머뭇거리기만 할 뿐 무릎을 꿇지 않았다.

권부익은 노한 목소리로 언성을 높였다.

"이 말이 끝날 때까지도 무릎을 꿇지 않는 놈은 머리에 구멍이 뚫릴 것이다!"

그러자 적도방 고수 사십 명 중에서 삼십이 명이 허물어지듯이 우르르 한꺼번에 무릎을 꿇었다.

서 있는 나머지 여덟 명 중에서 다섯 명이 화들짝 놀라 다급히 엎어지듯이 무릎을 꿇었다. 그들은 무릎을 꿇을 기회를 놓쳤던 것이다.

그러나 마지막까지 꼿꼿하게 서 있는 세 명은 훌륭한 남아의 기백을 지니고 있었다.

그들은 어디 해보려면 해보라는 듯 가슴을 내밀고 어깨를 활짝 편 채 권부익을 쏘아보았다.

부옥령은 그들을 향해 손을 뻗었다.

슉!

그 순간 그토록 훌륭한 남아의 기백을 내보이면서 서 있던 세 명은 미친 듯이 땅을 향해 몸을 던지며 울부짖었다.

"아앗! 잘못했습니다!"

"제발 죽이지 마십시오!"

권부익이 살펴보니까 적도방 총관 여공탁도 수하들 사이에 무릎을 꿇고 있었다.

얼핏 기억나기로는 아마 여공탁이 제일 먼저 무릎을 꿇었던 것 같았다.

여공탁을 비롯한 사십 명의 적도방 고수들은 모두 혈도가 제압되어 창고에 감금됐다.

권부익이 진검룡에게 공손히 말했다.

"제가 본문에 도착한 것을 놈들이 적도방에 연락을 취했을 테니 준비를 해야지 않겠습니까?"

뒤쪽에 서 있는 청랑이 차분하게 말했다.

"그놈들이 날린 전서구를 제가 죽였어요."

부옥령이 고개를 끄떡였다.

"잘했다."

부옥령은 권부익에게 말했다.

"그러므로 적도방은 우리가 온 사실을 모르고 있을 것이다."

권부익은 공손히 허리를 굽혔다.

"잘 알겠습니다."

진검룡 일행은 조양문 후원 별채에 여장을 풀었다.

별채를 안내했던 권부익은 물러갔다가 이각 후에 자신의 최측근 세 명과 가족들까지 데리고 와서 진검룡에게 인사를 시켰다.

세 명의 최측근 중 한 명은 권부익이 영웅문에 데리고 온 총당주라서 아는 얼굴이다.

"인사드리게."

권부익의 말에 나란히 선 두 명은 공손히 무릎을 꿇고 부복을 하며 예를 취했다.

"주군을 뵈옵니다."

"일어나라."

진검룡의 말에 두 사람이 일어섰다.

진검룡은 아까 이들이 이곳에 들어설 때부터 한 사람을 유심히 살피고 있었다.

그녀는 키가 매우 크고 약간 마른 호리호리한 체구를 지녔

으며 놀랍게도 진검룡의 눈이 번쩍 뜨일 정도의 굉장한 미인
이었다.

진검룡이 그녀를 보면서 의아한 표정으로 물었다.

"그대는 어째서 남장을 했지?"

그렇지 않아도 민수림과 부옥령은 처음 보는 그녀의 미모
가 자신들과 견주어도 손색이 없는 것 같아서 조금 경계하는
표정을 짓고 있었다.

진검룡의 말에 흑의 경장을 입은 그녀는 얼굴을 새빨갛게
붉히며 고개를 푹 숙였다.

권부익이 빙그레 미소 지었다.

"주군, 그는 남자입니다."

"엉?"

"뭐야?"

진검룡과 부옥령은 똑같이 놀라서 눈을 크게 뜨고 그녀,
아니, 그를 쏘아보았다.

그렇지만 아무리 살펴봐도 여자가 분명하다. 그것도 민수림
과 부옥령에 버금가는 천하절색의 미모다.

진검룡이 상체를 앞으로 쭉 빼고 그에게 말했다.

"네가 대답해라. 너 남자냐?"

"그래요."

"허어……"

목소리도 가늘고 음색이 고와 영락없는 여자라서 진검룡은

나직한 탄성을 흘렸다.

"바지 벗어라. 확인해야겠다."

"아……."

진검룡이 두 손을 뻗어 자신의 하의를 잡자 그는 화들짝
놀라서 급히 하의를 잡고 작게 몸부림을 쳤다.

"아아… 그러지 마세요……."

"그러지 마세요? 하아… 정말로……."

권부익이 그에게 말했다.

"소(昭)야, 저 방에 가서 주군께 보여 드려라."

"문주님……."

소라고 불린 그는 당황해서 어쩔 줄 모르다가 결심을 한 듯
방으로 향했다.

권부익은 여자처럼 하늘하늘 걸어가는 그를 가리키면서 진
검룡에게 말했다.

"저 아이 이름은 소소(昭昭)라고 하는데 본문의 책사(策士)입
니다. 주군의 부름에 응하여 영웅문으로 가라고 권한 것도 소
소였습니다."

"좋아."

진검룡은 이름까지 여자인 소소를 따라서 방으로 향했
다.

웬만하면 확인하지 않고 그냥 넘어가겠지만 이건 반드시 확
인해야겠다고 생각했다.

"저도 갈래요."

부옥령이 입술을 깨물면서 따라나섰다.

진검룡이 걸어가다가 뒤돌아보았다.

"그걸 보겠다는 거냐?"

"만약 여자면 주군께선 어쩌시려는 건가요? 설마 여자의 그 것을 볼 생각이신가요?"

"남자라잖아."

"여자일 수도 있어요."

뒤에서 권부익이 웃으며 말했다.

"하하! 제가 확인했습니다. 남자 맞습니다."

잠시 후 방에서 진검룡이 제일 먼저 나오는데 연신 고개를 갸웃거렸다.

그는 소소의 하의를 벗겨서 남자인 것을 확인하고서도 못 내 미심쩍음을 떨치지 못했다.

저렇게 아름다운 천하절색 미모의 소유자가 하체에 사내들 의 전유물인 그것을 떡하니 달고 있는 것이 도무지 납득이 되 지 않았다.

그 뒤를 부옥령이 따라 나오는데 얼굴을 살짝 붉히면서 묘 한 미소를 지었다.

그녀는 지금까지 사십이 년 동안 살면서 갓난아기를 제외 하고는 남자의 성기를 한 번도 본적이 없었는데 조금 전에 소소의 것을 최초로 보았다.

부옥령은 두근거리는 가슴을 억누르면서 종종걸음으로 걷다가 앞에서 고개를 갸웃거리며 느릿느릿 걷고 있는 진검룡의 등에 이마를 콩 부딪치고 말았다.

진검룡이 그녀의 머리에 손을 얹고 벙긋 미소를 지었다.

그 순간 부옥령은 자신도 모르게 시선이 진검룡의 하체로 향하는 것을 어쩌지 못했다.

진검룡은 그녀가 자신의 그곳을 물끄러미 응시하는 것을 보고 어이없는 표정을 지으며 말없이 꿀밤을 때렸다.

"인석아."

콩!

부옥령은 눈물이 찔끔 나올 만큼 아팠지만 비명을 지르지는 않았다.

맨 마지막에 방에서 나온 소소는 부끄러움 때문에 푹 숙인 고개를 들지도 못했다.

권부익이 소소 옆에 서 있는 중년인을 소개했다.

"총관입니다."

특이한 점이라고는 없이 평범한 얼굴에 잔잔한 미소를 머금고 있는 중년인이 공손히 두 손을 모았다.

"적인결(笛仁潔)입니다."

진검룡은 그에게서 특출한 점을 전혀 발견하지 못했다.

하지만 부옥령은 그가 비범한 인물이라는 사실을 한 눈에 간파했다.

권부익은 다시 자신의 가족을 인사시켰다.

第九十八章

무련총교부 당재원

　별채 실내에 진검룡을 비롯한 몇 사람이 탁자에 둘러앉아 술잔을 기울이고 있다.

　술자리에는 진검룡과 민수림, 부옥령, 청랑, 은조, 조양문의 권부익과 소소, 적인결이 둘러앉았다.

　권부익이 진검룡에게 공손히 술을 따르면서 말했다.

　"여공탁에게서 오랫동안 연락이 없으면 적도방에서 이상하게 여길 것입니다."

　아까 제압돼서 감금된 적도방의 사십 명 우두머리가 총관 여공탁이다.

　진검룡이 아무런 반응을 보이지 않자 권부익이 조심스럽게 말했다.

"혹시 주군께 다른 계획이 있으십니까?"

진검룡은 맞은편에 꼿꼿한 자세로 앉아 있는 소소를 쳐다보며 물었다.

"너는 좋은 계획이 있느냐?"

소소가 조양문의 책사라서 그의 의견을 묻는 것이다. 권부익이 이십 대 초반에 천하절색 미모를 지녔다는 이유 하나만으로 소소를 책사라는 막중한 지위에 앉히지는 않았을 것이기 때문이다.

술을 한 방울도 마시지 못하는 데다 수줍음이 많은 소소는 진검룡을 쳐다보지 못하면서 반문했다.

"주군의 목표가 무엇인가요?"

결이 곱고 가녀린 소소의 목소리는 여자보다 더 여자 같아서 적응이 쉽지 않다.

진검룡은 소소가 책사라고 해서 적도방에 대한 그의 의견을 들어보고 싶었다.

그런데 소소는 진검룡의 물음에 도리어 주군의 목표가 무엇이냐고 반문했다. 진검룡이 권부익의 부탁으로 적도방을 괴멸시키러 온 것은 여기에 있는 사람들이 다 알고 있는 사실이다.

그러므로 그것 말고 달리 여기에 온 목표가 있을 리가 없지 않겠는가.

진검룡은 엷으면서도 부드러운 미소를 지으면서 소소를 바라보았다.

"내가 무슨 목표를 가져야 하겠느냐?"

두 사람은 최초의 물음을 물음으로 잇더니 또다시 반문으로 이어졌다. 소소는 수줍음 때문에 고개를 똑바로 들지 못했는데 이런 진지한 대화가 오갈 때는 진검룡을 똑바로 응시하면서 공손히 말했다.

"주군께서 품으신 목표에 따라서 계획도 달라집니다."

산꼭대기에 가려면 산을 올라야 하고 섬에 가려면 배를 타야 하는 이치다.

진검룡은 고개를 끄떡였다.

"그렇겠지."

"목표가 단지 조양문을 적도방의 그늘에서 벗어나게 하는 것뿐이라면 저의 계획을 들으실 필요가 없어요. 그냥 아무 때나 적도방을 공격해서 괴멸시키면 될 거예요. 그러나 다른 목표가 있으시다면 거기에 맞는 계획을 갖춰야겠죠."

소소는 평소에 과묵한 성격이지만 지금은 다르다.

진검룡은 '요놈 봐라?' 하는 표정을 지었다.

"이 시점에서 내가 어떤 목표를 품어야만 하겠느냐?"

진검룡은 처음부터 끝까지 소소의 머릿속에 들어 있는 생각을 끄집어낼 심산이다.

그런데 소소는 전혀 막힘이 없다. 진검룡이 물으면 미리 준비했던 것처럼 즉답이 나온다.

"기왕지사 남창 조양문까지 오셨으므로 이참에 강서무림을 가지셔야 합니다."

단지 조양문을 도와주러 왔을 뿐인 진검룡에게 소소는 거창하게도 강서무림을 가지라고 말했다.

그러나 진검룡과 민수림은 놀라지 않았다. 부옥령과 청랑, 은조는 움찔 가볍게 놀랐으며 권부익은 소스라치게 놀라서 허둥거렸다.

설마 소소가 진검룡에게 그런 말을 할 것이라고 아무도 예견하지 못했다.

소소는 수줍은 듯 말을 이었다.

"우선 조양문을 강하게 만드십시오."

그는 진지한 표정을 짓는 법을 모르는 사람 같았다. 그의 표정은 오로지 한 가지, 부끄러워하는 것뿐이다.

민수림이 술잔을 들자 진검룡은 얼른 술잔을 들고 그녀의 잔에 가볍게 부딪쳤다.

이어서 술을 한 잔 마시고 나서 민수림에게 안주를 달라고 능청스럽게 입을 벌렸다.

민수림은 배시시 미소 짓더니 맛있는 볶음 요리 한 점을 집어서 그의 입에 넣어주었다.

민수림은 사람들이 있건 없건 상관하지 않고 자신의 의지에 충실한 사람이다.

만약 그녀가 하기 싫은 일이라면 죽는다고 해도 절대로 하지 않을 것이다.

진검룡은 우물우물 씹으면서 소소에게 말했다.

"그다음에는?"

"주군께서 강서무림을 영웅문 휘하에 두세요."

"소 책사!"

권부익이 놀라서 크게 외쳤다.

그러나 소소는 꿈쩍도 하지 않고 진검룡을 바라보았다.

권부익은 허둥지둥 일어나서 진검룡에게 허리를 굽히며 용
서를 빌었다.

"주군… 소 책사의 실언을 용서하십시오."

진검룡은 소소에게 담담한 얼굴로 물었다.

"너, 방금 실언을 했느냐?"

소소는 조용히 대답했다.

"아니에요."

진검룡은 이번에는 권부익에게 물었다.

"자넨 정말로 소아가 실언을 했다고 생각하는 건가?"

권부익은 움찔하더니 지그시 어금니를 악물고는 고개를 가
로저었다.

"소 책사는 실언할 사람이 아닙니다."

그런데 왜 소 책사가 실언했다고 용서를 빈 것이냐는 식의
꾸지람을 진검룡은 싫어한다. 그 대신 권부익에게 다른 것을
요구했다.

"이제부터 솔직해지게."

권부익은 부끄러움 때문에 얼굴을 붉혔다가 공손히 고개를 숙였다.

"그러겠습니다."

진검룡은 소소에게 말했다.

"내 목표는 검황천문을 쳐부수는 거야."

그는 소소의 계획을 진지하게 들어보기 위해서 자신의 목표를 분명하게 밝혔다.

"그러시는 이유가 뭡니까?"

진검룡은 생각할 것도 없이 즉답했다.

"검황천문이 사람들을 괴롭히니까."

소소는 빙그레 웃었다. 진검룡의 순수한 마음을 알 것 같고 또 그대로 자신에게 전해졌기 때문이다.

그런데 소소의 미소가 너무도 아름다워서 진검룡은 눈이 부실 지경이다.

소소는 살짝 고개를 숙였다.

"그렇지만 적도방을 괴멸시키면 안 돼요."

"어째서?"

"우리의 적은 검황천문이지 적도방이 아니니까요."

진검룡은 부옥령이 따라준 술잔을 들면서 벙긋 웃었다.

"소야, 나는 우둔하니까 알기 쉽게 얘기해야 한다."

"죄송해요."

소소는 고개를 깊이 숙였다가 미소를 지으면서 말했다.

"현재 영웅문의 휘하 중에서 예전에는 주군의 적이었던 방파나 문파가 있었지요?"

"그렇지. 절반 이상이 나하고 적이었다."

영웅문을 구성하고 있는 외문십오당과 내문오당의 일개 당은 예전에는 엄연히 하나의 방파나 문파였으며, 작년까지만 해도 그들은 진검룡의 적이었거나 그를 하찮게 여기며 무시하는 존재들이었다.

소소는 예의 아름다운 미소를 지었다.

"그런데 지금은 전부 주군의 수하가 되었죠?"

"그랬지."

"그것 보세요. 그러니까 적도방도 괴멸시키는 것보다 휘하로 거두는 게 좋아요. 지금은 적이지만 오래지 않아서 주군의 휘하가 될 테니까요."

소소는 배시시 눈웃음을 쳤다.

'저 녀석……'

진검룡은 눈을 좁혔다. 소소가 눈웃음을 치면서 무슨 신묘한 사술을 펼치는 것인지 그의 미소를 접하면 진검룡은 도무지 아무 생각이 떠오르지 않았다.

그러나 그가 사술을 펼치는 것은 아닐 터이다. 그랬다면 민수림과 부옥령이 당연히 간파했을 것이다.

소소는 다소곳한 자세로 진검룡을 말끄러미 바라보며 연신 눈웃음을 지었다.

진검룡은 미간을 좁히고 소소에게 전음을 보냈다.

[너 웃지 마라.]

"……."

소소는 깜짝 놀라 두 눈이 커다래지면서 놀라움이 가득 담기더니 곧 물기가 찰랑거렸다. 그는 심성이 누구보다도 여려서 눈물이 많은 편이다. 진검룡은 소소의 웃는 모습을 보면 머릿속이 하얘지는 것 말고도 심장이 벌렁거리고 맥박이 빨리 뛴다. 정확한 이유는 모르겠지만 아마도 소소의 미소가 너무 아름답기 때문일 것이다.

민수림이나 부옥령이 미소를 지으면 진검룡은 아무렇지도 않은데 이건 정말 이상한 일이다.

진검룡에게 핀잔을 들은 소소는 고개를 숙이고 닭똥 같은 눈물을 뚝뚝 흘릴 뿐이지 더 이상 아무 말도 하지 않았다. 큰 충격을 받은 모양이다.

얘기를 잘하고 있던 소소가 느닷없이 고개를 푹 숙인 채 옷자락을 만지작거리면서 어깨를 들먹이자 권부익은 적잖이 당황했다.

"소 책사, 대체 왜 갑자기 우는 것인가?"

민수림과 부옥령은 진검룡이 소소에게 뭐라고 전음을 보냈을 것이라고 짐작했다.

그런 게 아니라면 소소가 갑자기 울음을 터뜨릴 일이 없기 때문이다.

권부익만 모르고 있을 뿐이지 민수림과 부옥령, 조양문 총관 적인결까지도 진검룡이 소소에게 뭐라고 전음을 했을 것이라고 짐작했다.

무거운 침묵 속에서 고개를 숙인 채 훌쩍거리는 소소의 울음소리만 들릴 뿐이다.

그 보이지 않는 억압에 눌려서 결국 진검룡이 소소에게 다시 전음을 보냈다.

[당장 울음을 그치지 않으면 볼기를 때려주겠다.]

그러자 소소는 움찔 놀라더니 울음을 뚝 그치고 고개를 들어 진검룡을 바라보았다.

진검룡은 딴청을 부리면서 전음을 이었다.

[사람들 다 있는 곳에서 볼기를 맞고 싶으냐?]

소소의 커다랗게 뜬 두 눈에 두려움이 가득 넘실거렸다.

[대답해라. 볼기 맞고 싶으냐?]

소소는 술잔을 쥐고 있는 진검룡의 커다란 손이 자신의 볼기를 사정없이 때리는 상상을 하더니 눈을 더욱 커다랗게 뜨고 몸을 부르르 떨었다.

"울지 않고 웃지도 않겠어요……."

소소가 울음 섞인 떨리는 목소리로 말하자 진검룡은 어이없는 표정을 지었다.

"너……."

진검룡은 소소가 전음을, 아니, 무공을 못 한다는 사실을 비로소 알게 되었다. 사람들이 다 알고 있는 사실을 권부익은 그때까지도 이해하지 못하고 어리둥절한 표정으로 진검룡과 소소를 번갈아 쳐다보았다.

진검룡은 소소를 마지막으로 시험해 보았다.

"어떻게 하면 강서무림을 내 휘하에 둘 수 있을지 계획을 말해봐라."

소소는 망설임 없이 즉답했다.

"적도방주를 비롯하여 최측근 일곱 명을 죽이고 적도방에 남아 있는 검황고수 이십 명을 죽이세요."

"그다음은?"

"적도방을 장악하여 영웅문 남창제이지부로 삼으세요."

소소는 살짝 미소를 지었으나 조금 전처럼 진한 미소가 아니라 몸에 밴 습관 같은 것이다.

"적도방이 쉽게 장악되겠느냐?"

"어렵겠지요."

"적도방을 장악할 방법이 뭐냐?"

"적도방 무련총교부(武練總敎父) 당재원(唐宰元)을 포섭해서 그에게 적도방을 맡기세요."

"당재원? 어떤 인물이냐?"

소소는 옆에 앉은 적인결을 가리켰다.

"적 아저씨가 설명해 주실 거예요."

적인결이 공손히 말했다.

"제가 말씀드리겠습니다."

진검룡은 소소에게 물었다.

"너는 당재원에 대해서 모르느냐?"

"잘 몰라요."

진검룡은 배시시 미소 짓는 소소를 어이없는 듯 쳐다보았다.

"그에 대해서 잘 모르면서 어째서 그를 포섭하여 적도방을 맡기라는 것이냐?"

"당재원은 무련총교부이므로 적도방 오백여 명의 수하들에게 무공을 가르치고 있어요."

"그래서?"

"그는 강직하고 정의로운 성품이며 인정이 많아서 거의 모든 수하들에게 존경을 받는다고 들었어요."

"그리고?"

"그것뿐이에요."

"그것뿐이라니… 그것만 알고 있는 거냐?"

"네."

진검룡의 어이없는 표정과는 달리 소소는 생글생글 웃으면서 아무렇지도 않은 표정이다.

"그것만 아는데 적도방을 그에게 맡기라는 것이냐?"

"그거면 충분하지 않은가요? 또 뭐가 필요하죠?"

"허어……."

적도방 같은 대방파를 어느 한 인물에게 맡기려는데 그에 대한 정보가 너무나도 적다.

*　　　*　　　*

"당재원이라는 자는 증명된 인물이냐?"

소소가 자신을 쳐다보자 적인결이 공손히 대답했다.

"그렇습니다. 적인결은 모든 면에서 영웅문의 남창제이지부를 맡는 데 적임자입니다."

뭔가를 깨달은 진검룡은 턱으로 적인결을 가리켰다.

"당재원에 대해서는 자네가 잘 알고 있는 건가?"

"그렇습니다."

소소가 생긋 미소 지으며 거들었다.

"당재원이 적임자라고 적 아저씨가 알려주었어요."

진검룡은 소소를 웃지 못하게 만드는 일이 매우 어려울 것이라는 생각이 들었다. 소소는 웃음과는 떼려야 뗄 수 없는 관계인 것 같았다. 천성이 착하고 여리기 때문일 것이다.

소소의 미소가 조금 더 짙어졌다.

"적도방주 등을 죽이기 전에 당재원을 포섭하는 일이 우선이에요."

"포섭이라……"

누군가를 포섭하는 일은 진검룡에게 익숙하지 않다.

적인결이 말했다.

"현재 그는 한 가지 난관에 봉착해 있습니다. 그걸 해결해 주면 그를 절반쯤 포섭할 수 있을 것입니다."

"그게 뭔가?"

일단 영웅문을 나서고 여행을 떠나면 청랑이 진검룡과 민수림의 시중을 다 들었다.

은조가 동료가 되었다고 해서 일이 조금 편해지려나 생각했었는데 그건 청랑의 철저한 오산이었다.

은조는 이날까지 시중을 받으면 받았지 다른 사람의 시중을 한 번도 들어본 적이 없었으므로 그녀가 청랑을 도와줄 리가 만무했다.

물론 조양문의 하녀들이 진검룡 일행의 시중을 들지만 청랑으로서는 진검룡과 민수림의 시중을 일면식도 없는 낯선 하녀들에게 맡기고 싶지 않았다.

또한 진검룡과 민수림의 시중을 드는 것은 청랑의 소소한 행복이기도 해서 남에게 맡길 수가 없다.

그나마 다행인 것은 부옥령이 조양문에서 제공한 하녀들의 시중을 잘 받는다는 사실이다. 그러지 않다면 청랑이 부옥령의 시중까지 들어야 했을 터이다.

청랑이 진검룡과 민수림의 잠자리를 다 봐주고 나서 자신의 방으로 자러 갔다.

척!

곧이어 진검룡의 방문을 연 사람은 부옥령이다. 그녀는 캄캄하고 넓은 방 한쪽으로 발소리를 내지 않고 걸어갔다.

방의 양쪽에는 두 개의 커다란 침상이 나란히 놓여 있으며 바닥까지 끌리는 휘장이 드리워져 있다.

슥…….

부옥령이 휘장을 걷자 침상에 진검룡과 민수림이 누워서 곤하게 잠들어 있는 모습이 나타났다.

진검룡은 똑바로 누워 있으며, 민수림이 옆으로 누워서 그를 보는 자세로 그의 한쪽 팔을 베고 있다.

그녀는 손을 진검룡 가슴에 얹은 채 매우 편안하게 자고 있으며 입가에는 행복한 엷은 미소가 머금어져 있다.

두 사람의 몸은 밀착되어 있으며 민수림의 가슴이 진검룡의 몸을 짓누르고 있는 모습이다.

부옥령이 보니까 두 사람은 몇 년 동안이나 같이 살아온 부부처럼 다정하고 자연스러웠다.

진검룡과 민수림은 오늘 밤에 술을 많이 마신 탓에 정신이 오락가락했었다.

예전에는 그러지 않았는데 부옥령이 오고 나서 두 사람은 자주 술에 취했다.

부옥령을 신뢰하기 때문에 마음 놓고 술을 마시고는 편안히 취해 버리는 것이다.

두 사람을 바라보는 부옥령의 눈에는 사랑스러움이, 그리고 입가에 흐뭇한 미소가 떠올랐다.

부옥령은 조심스럽게 이불을 끌어 두 사람을 덮어주고 나서 방을 나갔다.

다음 날 오전에 진검룡 일행은 남창 성내에 나왔다.

강서성의 도읍인 남창은 매우 넓고 번화하다.

남창은 성내에 수십 개의 물줄기들이 바둑판처럼 얼기설기 얽혀 있고, 크고 작은 여러 개의 호수들이 그 물줄기들과 연결되어 있어서 말 그대로 물의 도읍이다. 남창은 땅보다는 물의 면적이 넓다.

진검룡과 민수림, 부옥령, 소소 네 사람은 남창 대로를 나란히 걷고 있다.

청랑과 은조가 따라 나오겠다고 징징거리는 것을 겨우 떼어놓고 나왔다.

어쨌건 여긴 타지이고 많은 인원이 몰려다니면 사람들 눈에 쉽게 띌 것이다. 그렇게 돼서 좋을 게 없다.

거리에는 사람들이 바글거렸다. 길이 좁은 데다 행인들이 많으니까 몇 걸음 걷다가 서로 어깨를 부딪치고 이리저리 밀려다니기 일쑤다.

어딜 가도 물이 많고 땅이 좁은 남창이라서 거리가 좁을 수밖에 없다.

붐비는 거리 때문에 몇 걸음 앞서 걸어가는 소소가 뒤돌아보면서 한쪽을 가리켰다.

"보세요. 여긴 대부분의 집들이 다 저런 식이에요."

소소가 가리킨 방향은 거리의 왼쪽인데 물줄기가 잔잔하게 흐르고 있으며 강인지 운하인지는 분명하지가 않았다.

어쨌든 칠팔 장 폭의 물줄기에는 작은 배들이 많이 오가고 있으며, 물줄기 양쪽 둑 위에는 건물들이 처마를 맞대고 다닥다닥 붙어서 지어져 있다.

물줄기 둑 위에 있는 집이나 건물들은 오 장 간격으로 떨어져 있으며, 그 간격은 반 장쯤 되는 좁은 골목이 물줄기로 향하는 길이고 그 끝에는 아래로 뻗은 돌계단이 있다.

그러니까 지금 진검룡 일행은 골목을 통해서 물줄기와 그 너머의 집들을 보고 있는 것이다.

진검룡 일행이 골목을 통해서 물 가장자리로 나오자 소소가 설명했다.

"남창은 인구가 칠십만 명쯤 되는데 남창 성내에는 사십만 명 정도 수용할 수 있는 집이 있어요. 그러니까 나머지 삼십만 명은 살 집이 없는 거예요."

"집을 지을 땅이 없기 때문인가?"

"그래요. 파양호와 장강이 지척에 있어서 상업이 크게 발달

했고 그로 인해서 사람들이 대거 모여들고 있는데 그들을 전부 수용하기에는 집이 턱없이 부족해요."

진검룡 일행은 줄지어 늘어선 집들의 뒤쪽 물가 둑 위에 서서 아래를 굽어보았다.

물에는 오가는 배보다는 양쪽에 움직이지 않고 정박해 있는 배가 훨씬 많았다.

"그래서 사람들은 성 밖의 외곽 지역에 있는 여러 개의 마을에서 살고 있어요. 그렇지만 일을 하기 위해서 성내로 들어오는 데 한 시진 이상 걸리니까 생업에 지장이 많아요."

소소가 돌계단으로 내려갔다.

"저기예요."

소소가 앞서고 두 번째가 진검룡인데 그는 돌계단을 내려가기 전에 민수림에게 손을 내밀었다.

민수림은 살짝 미소 지으면서 그의 손을 잡았다.

항상 물에 젖어 있으며 이끼가 수북하게 자란 돌계단이 미끄럽다고는 하지만 민수림 같은 초절고수가 미끄러진다는 것은 개가 웃을 일이다.

진검룡은 민수림이 돌계단에서 미끄러질까 봐 손을 잡아주는 것이 아니다. 돌계단 아래에는 끝이 보이지 않을 정도로 길게 작은 배들이 다닥다닥 붙어서 정박해 있었다.

소소가 설명했다.

"여긴 송영운하(松影運河) 총 삼십팔 개 지운하(支運河) 중에서 열두 번째인 십이지운하(十二支運河)예요. 남창 성내에는 송영운하 같은 운하가 다섯 개나 있어요."

그렇다면 남창 성내에는 이런 지운하가 줄잡아서 이백여 개나 있다는 것이니 과연 물의 도읍이라고 할 만하다.

운하 가장자리는 단단한 돌을 쌓은 석축이 수직으로 있으며 그 아래에 반 장 폭의 난간이 길게 이어져 있다.

소소는 석축 아래 난간으로 걸어갔다.

"이쪽으로 오세요."

작은 배 수백 척이 후미를 대고 이어져 있는 난간을 진검룡 일행이 걸어갔다. 정박해 있는 작은 배들의 길이는 대부분 이 장에서 이 장 반 정도로 매우 짧았다.

작은 배에는 한결같이 움막이 처져 있으며 움막 밖 여기저기에 취사도구 같은 것들이 놓여 있는 것으로 미루어 배에서 생활을 하고 있는 것 같았다.

걸음을 멈춘 소소가 앞쪽의 작은 배를 가리켰다.

"저기 당가(唐家)라는 깃발을 단 배가 보이세요?"

진검룡 등이 쳐다보자 이 장쯤 앞쪽에 당가라고 적힌 깃발을 달고 있는 작은 배가 있었다.

그런데 당가 배는 한 척이 아니라 일렬로 수십 척이 줄지어 늘어서 있었다. 소소가 미소 지으며 설명했다.

"당가 배는 전부 스물다섯 척인데 거기에서 당재원 가족들이 살고 있어요."

진검룡은 어이없는 표정을 지었다.

"적도방 무련총교부의 가족들이 저런 곳에서 살고 있다는 말이냐?"

"네."

각 방파나 문파마다 부르는 명칭이 조금씩 다르기는 하지만 무련총교부라는 지위는 무공을 가르치는 사범들의 우두머리를 가리킨다. 그러므로 무련총교부 당재원의 실력은 방파나 문파 내에서 다섯 손가락 안에 꼽힐 만큼 높아야 하는 것은 물론이고 지위 역시 비슷한 수준이어야 한다.

또한 무련총교부 정도 지위라면 녹봉이 당주보다 훨씬 많아서 아무리 못해도 은자 이십 냥은 된다.

방파나 문파에서 최하급 일반무사의 녹봉이 은자 석 냥에서 다섯 냥이라는 점을 감안한다면 무련총교부의 녹봉 은자 이십 냥은 매우 큰 액수다.

일반무사가 은자 석 냥을 녹봉으로 받아서 그것으로 자신의 가족을 한 달 동안 풍족하지는 않아도 근근이 먹여살릴 수 있으므로, 은자 이십 냥이라면 아무리 못해도 이삼십 명의 가족을 부양할 수 있을 터이다.

"당재원에게 무슨 일이 있었는지 설명해 봐라."

진검룡은 당가 깃발을 꽂고 있는 작은 배들을 응시하면서 소소에게 말했다.

"당재원은 이 년 전까지 남창에서 가장 크고 유명한 무도관인 검림관(劍林館)의 관주였어요."

검림관이 얼마나 유명하냐면 사람들이 그곳에 입관하기 위해서 몇 달씩이나 대기를 해야 할 정도였다. 그러다가 이 년 전 가을 어느 날부터 느닷없이 검림관에 괴질(怪疾)이 발생했다. 괴질은 삽시간에 검림관을 폐허로 만들어 버렸다. 보름도 안 돼서 검림원 사람 삼 할이 괴질에 걸려서 자리에 누웠으며, 하루에 열 명 이상 죽었다. 검림관에서 무술을 배우는 생도는 사백여 명이며 검림관 관주의 가족과 숙수, 하인과 하녀 등 식솔은 백오십여 명, 그래서 도합 오백오십여 명인데, 한 달이 지났을 때 그중에서 무려 백오십여 명이 괴질로 죽었다.

희한한 것은 검림관과 처마를 맞대고 이웃하고 있는 옆의 다른 무도관과 장원의 사람들은 괴질에 걸리지 않고 말짱하다는 사실이다.

오로지 검림관에 속한 사람들만 괴질에 걸렸으며 자리에 누웠다가 며칠 만에 죽거나 아니면 피골이 상접하여 목내이(木乃伊:미이라)처럼 자리에 누워 있었다.

생도가 사백여 명이나 되던 검림관은 채 한 달이 지나기도 전에 문을 닫아야만 했다.

생도들과 식솔들이 무차별 괴질에 걸려서 시체가 되어 죽어나가는 검림관에 계속 붙어 있을 정신 나간 생도가 있을 리가 없다.

검림관주 당재원은 괴질을 치료하기 위해서 백방으로 전력을 다했지만 아무 소용이 없었다. 검림관에는 생도들이 다 나가고 나중에는 식솔들만 백이십여 명 남았을 뿐이다.

당재원은 결단을 내려 식솔들을 이끌고 검림관을 나와서 다른 장원을 한 채 얻어 그곳에서의 생활을 시작했다.

그랬더니 더 이상 괴질에 걸리는 사람이 없고 괴질에 걸렸던 사람들도 차츰 병이 호전되었다.

그렇다면 결국 검림관이 문제였던 것이다. 그곳 어딘가에 괴질을 퍼뜨리는 중심지가 있는 것이 분명했다.

당재원은 검림관으로 다시 돌아갈 엄두를 내지 못하고 검림관 장원을 매물로 내놓았으나 괴질의 발원지라는 소문이 성내에 파다하게 퍼진 탓에 좀처럼 팔리지 않았다.

당재원 일가와 식솔들이 검림관을 나와서 외부 생활을 한 지 석 달이 넘어가자 갖고 있던 돈이 다 떨어졌다.

그래서 그때부터 여기저기에서 높은 이자를 주고 고리 돈을 빌려 쓰기 시작했다. 백여 명의 식솔들이 임시로 거주하고 있는 장원의 임대비와 식솔들의 생활비가 엄청났다. 예전의 검림관보다 생활비가 서너 배 더 들어서 허리가 휠 지경이었다. 당재원은 그래도 검림관으로는 돌아갈 자신이 생기지 않았다. 검림관에서 생도와 식솔이 백오십여 명이나 괴질 때문에 죽었는데 그 치 떨리는 악몽을 다시 재현할 수는 없기 때문이다.

그로부터 두 달 후에 검림관이 헐값에 팔렸으나 그 돈으로는 몇 달 동안 생활하느라 빌려 쓴 돈을 값기도 모자랐다.

당재원을 비롯한 식솔들은 이젠 더 이상 장원을 빌려서 생활할 수가 없게 되었다. 장원 임대비가 너무 많이 지출되기 때문이었다. 그래서 궁리 끝에 운하의 작은 배에서 생활하기로 작정하고 다시 돈을 빌려서 수엽선(水葉船)이라고 부르는 작은 배 열 척을 샀다.

그런데 낙엽처럼 조그만 수엽선 한 척에서 생활할 수 있는 인원이 많아야 서너 명에 불과한데 열 척으로 백이십여 명이 생활하는 것은 너무 비좁았다.

이제는 돈을 더 빌릴 곳도 없으며 빌린다고 해도 갚을 길이 막막했다.

결국 당재원을 비롯한 식솔들은 돈을 벌기 위해서 일자리를 찾아 나서야만 했다.

그렇게 해서 얻은 일자리가 당재원은 적도방의 무련총교부 자리이고, 무술을 할 줄 아는 젊은 식솔 십여 명도 적도방에 일자리를 얻었다.

『봉정대연가(鵬程大戀歌)』 10권에 계속…